# Eine Woche und sieben Tage
## Trilogie – Teil 3:

## Der Kreis schließt sich

AF287217

Herstellung und Verlag: BoD - Books on Demand,
Norderstedt
C 2009/2016 by Klaus-Jürgen Mausi Sparfeld & M.S.
Dueschamm

ISBN 9783844809602

Titelfoto: Klaus-Jürgen Mausi Sparfeld
Fotos Rückseite:  Marion & Klaus-Jürgen Mausi Sparfeld

Klaus-Jürgen Sparfeld

# Eine Woche und sieben Tage

## Trilogie - Teil 3:

# Der Kreis schließt sich

\*\*\*

Abenteuerroman

# Donnerstag, 16. April

„Und, wie hast du geschlafen?" Thomas sah Nicole an, die gerade den Raum betreten hatte, in dem Andreas und er am wie immer reichlich gedeckten Frühstückstisch saßen. Beide hatten eine Tasse Kaffee vor sich stehen und ihre Teller machten einen wenig benutzten Eindruck.

„Wie ihr wahrscheinlich auch, wenn ich euch so ansehe!" Sie setzte sich auf ihren Stammplatz und stocherte mit ihrer Gabel in einer Schale mit Marmelade herum. „Habt ihr auch keinen Hunger?"

„Überhaupt nicht!" sagte Andreas, „wenn Susanne hier wäre…" Er schwieg betreten.

„Es hilft nichts", Thomas nahm eines der Brötchen, „wir müssen es so sehen, wie es ist: Susanne ist verschwunden und wir werden sie suchen und wiederfinden." Er schaute in zwei nicht so sehr überzeugt aussehende Gesichter. „Wie? Glaubt ihr nicht daran! Ihr seid mir ja eine tolle Unterstützung."

„Deine Zuversicht möchte ich haben", Andreas starrte in seine halbvolle Tasse.

„Was denn, wer hat mir denn gestern vorgeworfen, immer alles so schwarz zu sehen?" Thomas schaute in die Runde: „Also, so helfen wir Susanne bestimmt nicht! Wenn wir überhaupt was erreichen wollen, müssen wir unsere Kräfte zusammennehmen und dazu gehört nun einmal, daß dem Körper ein gewisses Maß an Energie zugeführt werden muß, welches er dann wieder verbrauchen kann." Er nahm den Korb mit den Brötchen und hielt ihn erst Andreas hin: „Essen, los! Stell dir einfach vor, du bist Susanne!"

Widerwillig griff Andreas eines der Backwerke. „Das

ist ja schlimmer als bei meiner Mutter", sagte er und mußte grinsen als er Thomas anschaute. Der versuchte mühsam, ernst zu bleiben, was ihm aber nicht gelang.

„Meine Mutter war da anders!" sagte Nicole. Thomas und Andreas schauten sie an. „Wir haben nie zusammen gefrühstückt! Also, gib schon her!" sie griff mit beiden Händen in den Korb: „Eins für mich und zwei für Susanne!"

„Genau!" Andreas griff erneut zu: „Zwei für mich und vier für Susanne!"

„Na also, es scheint dir besser zu gehen, du übertreibst schon wieder", sagte Thomas fröhlich.

„Na gut", maulte Andreas, „dann eben eins für mich und fünf für Susanne."

Eine Stunde später bewegten sich drei gesättigte und positiv gestimmte junge Leute in Richtung Sternenhaus.

„Hat Don Alfredo es geschluckt?" fragte Andreas.

„Ja", sagte Nicole, „warum auch nicht, er hat das mit Antonio ja mitbekommen und Susanne ist alt genug zu entscheiden, wo und mit wem sie ihre Nächte verbringt."

„Sehr schön." Thomas Laune stieg von Minute zu Minute.

„Ich wollte noch zu Carlos und ihm von gestern berichten", sagte Nicole, „aber Anna war gerade bei ihm und da habe ich nur kurz von der Tür aus gewinkt."

„Vielleicht haben wir heute Abend Zeit."

„Unseren Besuch bei Cassiopeia müssen wir ja auch verschieben." Nicoles Stimme klang ein wenig traurig.

„Es läuft uns ja nicht weg", versuchte Thomas, sie wieder aufzumuntern, „aber Susanne ist erstmal wichtiger."

„Sind sie weg?"

„Ja, Francesco, du kannst rauskommen!" Francesco betrat durch eine kleine Tür, die normalerweise dem Personal vorbehalten war, die Bibliothek, in der Don Alfredo in einem der Sessel saß und ein halbgefülltes Glas in der Hand hielt. „Nimm dir auch einen!" sagte er zu Francesco.

„Danke, gerne." Nachdem er sein Glas gefüllt hatte, setzte er sich in den anderen Sessel und die beiden sahen sich eine ganze Weile schweigend an.

„Und?" brach Alfredo schließlich das Schweigen.

„Es war nicht einfach, aber wir sind einen Schritt weiter, Alfredo."

„Das ist gut. Und das Mädchen?"

„Soweit es in meinen Händen lag, habe ich alles getan, sie zu schützen."

„Hat sie etwas gemerkt?"

„Nein, ich denke nicht."

"Das ist gut. Wo ist sie jetzt?"

„Ich habe keine Ahnung."

Alfredo schaute seinen Freund fragend an.

„Nachdem ich José und die anderen sicher aus dem Haus gebracht hatte, habe ich mich um Bernardo gekümmert. Anschließend wollte ich das Mädchen holen, aber es war verschwunden!"

„Verschwunden?"

„Ja, Alfredo."

„Hast du sie gesucht?"

„Wollte ich erst, aber es war zu gefährlich für mich, noch länger dort zu bleiben."

„Das verstehe ich."

„Sie wird noch in dem Haus sein und ich werde sie später holen lassen. Mit den anderen." Francesco füllte sich sein Glas erneut: „Und bei dir?"

„Ich habe alle Vorbereitungen getroffen, die nötig sind."

„Wann?"

„Heute Nacht."

„Sobald schon?"

„Es geht nicht anders. Morgen kommen die Kinder, dann wird es zu riskant."

„Ich vergaß. Wie geht es ihnen?"

„Sie sind wohlauf und Isabella wird ihren Brüdern noch was vormachen."

„Du setzt deine Hoffnung in sie?"

„Nicht nur, aber hauptsächlich. Du weißt, die Frauen in unseren Familien waren oft die Stärkeren."

„Ja, Alfredo, du sagst es." Francesco machte eine lange Pause, „aber oft auch die Maßloseren."

„Isabella ist nicht so."

„Du wirst es wissen." Eine gewisse Ironie in Francescos Stimme zeigte, daß er die Meinung seines Freundes in Bezug auf diesen Punkt nicht ganz zu teilen schien.

„Es ist lange her, Francesco und es war nicht deine Schuld!"

„Ich weiß, Alfredo, entschuldige."

„Vergiss es. Umgekehrt wäre es mir nicht anders gegangen und ich weiß nicht, ob ich das alles so gut verarbeitet hätte, wie du."

„Danke, alter Freund. Du warst mir immer eine Stütze."

„Und du mir." Die beiden füllten sich ihre inzwischen leeren Gläser. „Was du noch nicht gesagt hast", Don Alfredo lehnte sich vor: „Wo willst du sie hinbringen?"

„Du meinst, die…", Francesco überlegte einen Moment, „leblosen Körper?"

„Ja, was willst du mit ihnen machen?"

„Es ist besser, wenn du es noch nicht weißt, aber du wirst es bald erfahren und glaube mir", Francesco nahm einen tiefen Schluck und lehnte sich genüsslich zurück: „Es wird dir gefallen."

„Wenn du es sagst, dann ist es so. Und nun lass uns nach nebenan gehen. Anna hat sich bestimmt wieder selbst übertroffen."

**U**nd wieder stand die Sonne hoch und schickte ihre Strahlen durch die sanft im Wind schwingenden Palmwedel. Und wieder lagen Susanne und Andreas an dem weißen Sandstrand, keine zehn Meter vom türkisblauen Meer entfernt. Diesmal aber waren sie nicht allein: um sie herum herrschte reges Treiben.

„Die Kamera weiter nach links!" rief der Regisseur. Die Maskenbildnerin machte sich an dem Gesicht von Andreas zu schaffen und der Best Boy schleppte Getränke von einem zum anderen. Susanne lag gelangweilt auf ihrer Liege und wartete, bis endlich alle soweit waren, daß man mit dem Dreh beginnen konnte. Sie schaute zu Andreas und mußte blinzeln, weil sie ein heller Strahl direkt in die Augen traf:

„Nimm doch den blöden Scheinwerfer weg!" rief sie und fuchtelte mit den Armen in der Gegend herum. Dann mußte sie husten und es gab ein ziemlich lautes Getöse. Sie blinzelte erneut und schaute wieder in grelles Licht: Ein Sonnenstrahl fiel direkt durch eine kleine Öffnung kurz unter der Decke. Susanne blickte um sich: Keine Palmen, kein Strand! Sie befand sich in einem kleinen Raum voller Gerümpel, ähnlich dem, in dem sie den leblosen Körper gefunden hatte. Oder hatte sie das alles nur geträumt? Ihr Schädel schmerzte noch immer. Sie fasste an ihre Stirn und zuckte zusammen. Hätte sie einen Spiegel gehabt, sie hätte keinen Blick hinein gewagt: auf ihrer Stirn mußte eine Beule enormen Ausmaßes prangen.

„Ja, jetzt erinnere ich mich!" sagte sie und zuckte erneut zusammen. Nachdem sie von Irgendetwas oder Irgendjemandem ins Land der Träume geschickt worden war, war sie durch diese Katze ins Leben zurückgeholt worden. Anschließend hatte sie sich aufgemacht, um einen Weg aus diesem Keller zu finden. Die Katze war dicht bei ihr und sie tastete sich langsam an der Wand entlang aus dem Raum in einen langen Gang. Plötzlich miaute Andreas und verschwand in einem dunklen Loch vor ihr. Sie folgte ihm spontan und das letzte, an das sie sich dann erinnerte war ein dumpfes Geräusch in Höhe ihres Kopfes. Jetzt, da etwas Sonnenlicht in den Raum drang, wurde ihr klar, was geschehen war: Die Tür war ziemlich niedrig und sie mußte in der Dunkelheit gegen den oberen Balken gerannt sein.

„Warum ich?" sagte sie wieder, „Andreas, miez, miez, wo bist du?" Susanne ließ enttäuscht ihre Arme sinken, denn keine Katze erschien. „Dann eben nicht! Laß mich nur allein, du dumme Katze! Lasst mich doch alle allein! Ich brauche euch nicht, ich komm hier auch alleine wieder raus. Ihr werdet schon sehen! Au!" Susanne hatte sich in Richtung Tür aufgemacht und, während sie ihrem Ärger Luft machte, vergessen, daß sie beim Verlassen des Raumes ihren Kopf senken mußte.

Mit der rechten Hand an die schmerzende Stirn gepreßt bewegte sie sich durch einen langen, engen Gang. Die Finger ihrer anderen Hand tasteten sich vorsichtig an der Wand entlang und ganz langsam setzte sie ein Bein vor das andere. Ihre Augen nahmen nur schemenhafte Umrisse in nächster Nähe wahr. In unregelmäßigen Abständen befanden sich Öffnungen in der Wand, die zu irgendwelchen dahinter liegenden Räumen führen mussten.

„Geradeaus!" sagte sie zu sich selbst, „immer geradeaus, dann kommst du raus aus diesem Kerker!"

Nach einer halben Ewigkeit stieß ihr Fuß gegen etwas am Boden.

„Au! Nicht schon wieder!" Susanne bückte sich und tastete den Boden ab: vor ihr lag eine Stufe und eine zweite folgte.

„Eine Treppe!" jauchzte Susanne, „wo eine Treppe ist, geht es nach oben und wo es nach oben geht, da gibt es Licht und Hilfe!" Sie atmete tief durch: „und vielleicht etwas zu Essen!" Der Gedanke beflügelte sie und auf allen Vieren bewegte sie sich nach oben. Stufe für Stufe ging es aufwärts. Schließlich sah sie einen schwachen Lichtschein über sich durch eine Ritze dringen. Susanne richtete sich auf und tastete die vor ihr liegende Wand ab, bis sie auf einen metallenen Gegenstand stieß: „Das ist eine Tür!" rief sie und drückte den Griff herunter.

Die Tür öffnete sich und gleißendes Licht durchflutete die Dunkelheit. Geblendet schloß Susanne die Augen und öffnete sie erst nach einer ganzen Weile wieder. Vor ihr lag ein großer Raum mit hohen Fenstern, alten Möbeln und einer großen, geöffneten Tür, durch die Vogelgezwitscher in das Innere des Hauses drang. Susanne strahlte und hüpfte vor Freude auf der Stelle.

Ihre Blicke wanderten durch den Raum. Zuerst an den Wänden entlang, dann über die Möbel und zuletzt betrachtete sie den Boden. Sie erstarrte und ihre Kehle zog sich für einen Augenblick zusammen: etwa einen Meter vor ihr ragte der Schaft eines Messers aus einem leblosen Körper! Susanne senkte ihren Blick, was sie lieber hätte lassen sollen: Sie stand mitten in einer

Blutlache, die von einem weiteren leblosen Körper stammte, der direkt neben ihr am Boden lag. Unfähig, sich zu bewegen stand sie einfach nur da und starrte an sich herab. Dann spürte sie eine Hand auf ihrer Schulter und ein langer, spitzer Schrei suchte sich seinen Weg durch den Raum ins Freie.

„Hallo? Ist da wer?" rief Nicole. Sie und Thomas standen an etwa der Stelle, an der sie gestern beschlossen hatten, die Suche nach Susanne abzubrechen. „Das war doch ein Schrei!" Nicole sah Thomas leicht zweifelnden Blick:
„Wohl eher eine Katze!"
„Nein, ein Schrei, sicher", beharrte Nicole. „Und es hat sich nach Andreas angehört!"
„Andreas? Warum sollte der schreien?" Thomas schaute sich um: „Wo ist der eigentlich? Andreas? Hallo!"
„Andreas, wo bist du? Hörst du uns?" Nicole bewegte sich in einer regelmäßigen Kreisbewegung um Thomas herum und wiederholte immer wieder ihre Sätze.
„Nicole, bitte!"
„Was?"
„Findest du nicht, daß du etwas überreagierst?"
„Ich? Nein. Wieso?" Sie war stehengeblieben und schaute Thomas direkt in die Augen. Ihre Lippen waren weniger als zehn Zentimeter von seinen entfernt. Thomas schloß seine Augen und wartete. Nicoles Lippen berührten zärtlich seine und er legte seine Arme um ihre Hüften.
„Hat das weh getan?" wollte Nicole wissen.
„Wieso weh getan?"
„Weil du so gestöhnt hast."

„Ich habe nicht gestöhnt."

„Nicht?"

„Nein, nicht." Thomas lehnte sich an die Wand des Hauses hinter ihm und schaute Nicole durchdringend an: Sie schien ernst zu meinen, was sie gesagt hatte.

„Da! Da war es wieder!" Nicole spitzte ihre Ohren. Diesmal hatte Thomas auch etwas gehört. Es schien aus dem Innern des Hauses und gleichzeitig von unten zu kommen.

„Andreas?" Thomas legte sein Ohr an die Wand.

„Und?" fragte Nicole gespannt.

„Pssst!" sagte Thomas und drückte sich noch fester gegen die Mauer: „Da, da ist was!"

„Was?"

„Ein Stöhnen. Da ist ein Stöhnen."

„Andreas!" rief Nicole und hämmerte dabei mit ihren Fäusten auf die Steine ein.

Thomas zuckte zusammen und sprang von der Mauer zurück: „Was machst du denn da! Willst du, daß mir das Trommelfell platzt?"

„Oh, ja, entschuldige bitte, daran hatte ich gar nicht gedacht!" Nicole setzte ihr „Ich-kann-doch-kein-Wässerchen-trüben-Gesicht" auf.

„Ist gut, aber sei jetzt bitte etwas zurückhaltender!" Thomas bewegte sich Stück für Stück, das eine Ohr immer an der Wand, am Haus entlang. Seine Hände tasteten dabei die Steine ab. „Hier!" rief er plötzlich, „hier ist es!"

„Wo? Was?" Nicole war dicht neben ihm.

Thomas drückte gegen die scheinbar feste Wand und sie gab nach.

„Eine Öffnung!" sagte Nicole begeistert. „Und Andreas!" fügte sie hinzu, nachdem sie ihren Kopf in das dunkle Loch gesteckt hatte. „Er ist da unten!"

Thomas zwängte seinen Kopf neben Nicoles durch

die Öffnung: „Du drückst dich auch vor jeder Arbeit!" rief er nach unten, „jetzt ist nicht die Zeit für eine Siesta!"

„Haha!" hörte man Andreas Stimme von unten, „wer den Schaden hat, ah!"

„Was ist?"

„Meine Schulter! Ich glaube, diesmal ist es schlimmer als das letzte Mal!"

„Warte, wir kommen zu dir!"

„Nein, das ist zu gefährlich!"

„Ach was. Wie tief ist es?"

„So drei, vier Meter vielleicht. Das ist so eine Art Kohlenrutsche, ihr müsst euch…"

Ein kurzer Schrei sagte Andreas, daß Thomas den Rest seiner Ausführungen nicht mehr verfolgt hatte. Und richtig, einen Moment später tauchte sein Kopf vor ihm auf und krachte mit einem dumpfen Knall gegen Andreas Oberkörper. Beide fielen zu Boden.

„Thomas, willst du mich umbringen?" Andreas preßte seine rechte Hand in seine Magengrube.

„Ich dich?" sagte Thomas und drückte beide Hände auf seine Stirn, „du doch wohl eher mich!" Die beiden rappelten sich auf und fielen sich lachend in die Arme.

„Wo ist Nicole?" wollte Andreas wissen. Die Antwort kam schneller, als ihm lieb war und sie kam in Form der einer Kanonenkugel gleich hinab sausenden Nicole. Thomas und Andreas hatten noch Zeit, „oh, nein!" zu sagen, dann wurden sie zu Boden geschmettert.


„**G**anz ruhig, Señorita Susanne!"

Susanne kannte diese Stimme: „Antonio? Antonio, bist du es?" Sie drehte sich langsam um und wirklich, es war Antonio, der hinter ihr stand und sie anlächelte. „Ach, Antonio, du ahnst gar nicht, wie froh ich bin, dich zu sehen", rief sie und schlang ihre Arme um seinen Körper um ihren Kopf darin zu vergraben, wie es ein kleines Mädchen tut, das bei seinem Vater Schutz und Geborgenheit sucht.

„Schon gut, kleine Señorita", beruhigte sie Antonio, „alles wird gut!"

Susanne ließ ihren Gefühlen freien Lauf und die Tränen flossen ihr in Strömen über die Wangen. „Alles wird gut!" schluchzte sie, „das höre ich dauernd und es wird immer schlimmer!"

„Jetzt ist es vorbei. Das verspreche ich", sagte Antonio und wischte ihr die Tränen mit seinem Hemd aus dem Gesicht. „Wir müssen gehen, Señorita Susanne", sagte er dann. Susanne wollte sich in Richtung Tür in Bewegung setzen. „Nein, nicht da lang, hier…" er zeigte auf die Tür, aus der sie vor noch nicht allzu langer Zeit den Weg aus der Dunkelheit gefunden hatte.

Susanne schüttelte ihren Kopf: „Ich will da nicht mehr runter, bitte!"

„Señorita Susanne", Antonios Stimme klang nun sehr bestimmt und hatte trotzdem eine beruhigende Wirkung auf sie, „es geht hier um Dinge, die auch ich nicht ganz verstehe, aber die Leute, die damit zu tun haben, sind sehr gefährlich und, wenn sie uns hier finden, dann weiß ich nicht, was sie tun werden." Er deutete auf den Mann am Boden neben Susanne. „Wir müssen schnell verschwinden und man darf uns nicht sehen. Solche Leute mögen keine Zeugen."

Susanne nickte. Sie wußte, daß er Recht hatte. Welche Wahl hatte sie: Sie konnte Antonio vertrauen und ihm folgen oder sie konnte alleine zur Vordertür hinaus spazieren und sehen, wie sie von hier weg kam. Die Entscheidung fiel ihr nicht besonders schwer.

„Gehen wir", sagte sie und klammerte sich wie ein

kleiner Affe an Antonio, der mit ihr durch die Kellertür verschwand.

„Pssst!" Nicole preßte einen Finger auf ihre Lippen, „habt ihr das gehört?"

„Was denn nun schon wieder?" stöhnte Thomas, der gerade überlegte, ob der Zusammenstoß mit Andreas oder der mit Nicole schmerzhafter gewesen war.

„Da war was!"

„Ja, das ist mein Körper", sagte Andreas, der noch immer am Boden saß, „der nicht weiß, wo er zuerst schreien soll!" Thomas mußte lachen.

„Im Ernst: Seid ruhig, da war was." Der Ernst in Nicoles Stimme ließ die beiden schweigen. Immerhin hatte sie auch Andreas gehört. Die drei lauschten in die Stille. Gerade als Thomas Nicole erklären wollte, daß sie sich diesmal geirrt hatte, hörte er es auch: Ein leises Schluchzen, das langsam näher kam. Andreas hielt die Luft an und Nicole und Thomas drückten sich zusammen in eine Ecke hinter die Tür des Raumes. Das Schluchzen kam näher und dann hörten sie Schritte von mindestens zwei Personen den Gang entlanggehen, die sich auf der anderen Seite wieder entfernten. Schließlich war es ruhig.

„Was jetzt?" wollte Andreas wissen, nachdem geraume Zeit verstrichen war.

„Wir müssen hier raus", sagte Thomas knapp.

„Wir müssen hier raus", äffte Andreas seinen Freund nach, „Witzbold, das ist mir klar. Aber, wie kommen wir hier raus, das ist doch die Frage!"

„Das ist zu glatt und zu hoch", sagte Thomas, der die Rutsche untersuchte, die sie in ihr Gefängnis geführt hatte.

„Also", hörte man Nicoles Stimme, „dann bleibt nur die andere Richtung!" Vorsichtig tastete sie sich in den Gang hinaus, der trotz des Sonnenlichtes draußen fast im Dunkeln lag. „Links oder rechts? Thomas?"

„Hmm, die anderen sind von links gekommen, gehen wir dahin."

„Und wenn da noch mehr sind?" Unbehagen und Furcht lagen in Andreas Stimme, „folgen wir ihnen lieber."

„ Und woher weißt du, daß dort niemand ist?" Thomas blickte in die Richtung, in der er Andreas vermutete.

„Wie auch immer, wir müssen uns entscheiden und, wir sollten zusammenbleiben", sagte Nicole. Sie schloß die Augen und vollführte einige seltsame Bewegungen mit den Armen in der Luft und zeigte schließlich nach links:

„Dort geht es zum Hauptgebäude!"

„Woher weißt du das?" wunderte sich Thomas.

„Logik: Als wir vor dem Haus standen, war der Hauptkomplex links von uns, wir sind die Rutsche runter und…"

„Schon verstanden, alles klar", winkte Andreas ab, „gehen wir nach links."

Die drei setzten sich in Bewegung und standen am Ende hinter jener Tür, durch die auch Susanne den Keller verlassen und später wieder betreten hatte. In dem Raum hinter der Tür waren Stimmen zu hören.

„Da ist jemand", sagte Thomas.

„Freund oder Feind?" wollte Andreas wissen.

"Woher soll ich das denn bitte wissen!", flüsterte Thomas, „Nicole, komm du nach vorne, du verstehst vielleicht etwas von dem, was sie sagen."

Nicole drückte sich an Andreas und Thomas vorbei und legte vorsichtig ihr Ohr an die Tür. Im Raum dahinter schien ein reges Treiben zu herrschen: Personen bewegten sich hin und her, Befehle wurden gegeben, Lasten schienen bewegt zu werden. Autotüren wurden geöffnet und geschlossen. Motoren heulten auf und mehrere Fahrzeuge schienen sich in Bewegung zu setzen.

Nicole drückte die Klinke herunter und wollte die Tür öffnen.

„Was machst du?" fragte Andreas entsetzt, „wenn da noch jemand ist!"

„Keine Angst, sie sind weg."

„Woher willst du das wissen?"

„Sie haben es gesagt!" sagte Nicole knapp. Die Tür schwang auf und die drei betraten den Raum. Es befand sich niemand außer ihnen dort.

„Worüber haben sie gesprochen", fragte Thomas, der sich rittlings auf einen der Stühle setzte und den Kopf auf die Hände stützte, die er auf die Lehne gelegt hatte. Nicole wollte ihm gerade antworten, als Andreas rief:

„Schaut euch das an, ist das Blut?" Er stand in der Nähe der Außentür und starrte auf einen großen Fleck vor ihm auf dem Boden. Er tauchte seinen Finger in die Flüssigkeit und als er ihn wieder herauszog, schwankte er leicht: „Es ist Blut!" stammelte er, „wo kommt soviel Blut her?"

„Hier ist noch mehr!" sagte Nicole, die sich inzwischen etwas umgesehen hatte, „und da und da!" sie zeigte auf verschiedene Stellen am Boden.

Thomas war aufgestanden: „Was mag hier passiert sein? Und, wo ist Su…" er hielt inne. Nicole und Andreas starrten ihn entsetzt an.

„Susanne?" kreischte Nicole, „du meinst, das Blut? Nein!" Nicole brach in Tränen aus.

Thomas nahm sie in den Arm und versuchte, sie zu beruhigen: „Es gibt bestimmt eine andere Erklärung dafür, beruhige dich."

„Ja, Wilderer!" sagte Andreas. Als er Thomas verständnislosen Blick sah, erläuterte er: „Wilderer haben das Haus benutzt, hier ist ja nie jemand, und haben die Tiere hier ausbluten lassen, bevor sie sie abtransportiert haben. Da waren doch Leute vorhin und Autos, nicht?" Hilfesuchend sah er zu Nicole. Die sah ihn aus ihren noch immer feuchten Augen an und nickte.

„Das, was sie gesagt haben, das könnte zu deiner Theorie passen", flüsterte sie.

„Na also!" sagte Andreas beruhigt und atmete innerlich erleichtert auf. Er hatte eine Theorie entwickelt, die, für den Augenblick zumindest, bestehen konnte.

„Das wäre auch eine Erklärung für die Spukgeschichten, die die Leute um das Haus erzählen", bekräftigte Thomas die Worte von Andreas, „so hält man die Menschen von hier fern und die Gangster können ungestört ihren Geschäften nachgehen!"

„Das glaube ich erst, wenn ich Susanne vor mir stehen sehe!" schluchzte Nicole.

„Dann wollen wir weiter nach ihr suchen!" sagte Thomas, „am besten wir teilen uns auf, dann geht es schneller, das Haus ist riesig."

„Ich gehe keinen Schritt alleine", sagte Nicole, „wer weiß, was noch alles hier verborgen ist!"

„Und ich fühle mich nicht so sehr nach großer Erkundung", hörte man Andreas leise sagen.

Thomas sah ihn an und im hellen Tageslicht weiteten sich seine Augen: die rechte Schulter von Andreas lag ein gutes Stück tiefer als die linke und der rechte Arm hing schlaff an der Seite.

„Was ist mit deinem Arm?" wollte er wissen.

Nun wurde auch Nicole aufmerksam: „Das sieht ja

schlimm aus!"

„Schön, daß das mal jemand merkt", sagte Andreas und versuchte, zu lächeln, „es ist nicht gerade angenehm."

Thomas tastete die Schulter ab: „Gebrochen, da ist bestimmt was gebrochen. Kannst du den Arm bewegen?"

„Nicht richtig."

„Wir müssen das behandeln lassen", sagte Nicole, „wer weiß, was da noch verletzt ist. Er muß in ein Krankenhaus und zwar schnell."

„Gut, das Haus wird uns nicht weg laufen", sagte Thomas und fügte grinsend hinzu: „wir wissen ja jetzt, wie wir schnell reinkommen!"

„Und Susanne?" Nicole sah ihn fragend an.

„Die ist bestimmt nicht mehr hier. Inzwischen hätte sie uns garantiert gehört."

„Ja, bestimmt", sagte Nicole und nickte, „bei dem Krach, den wir hier veranstaltet haben. Also los, bringen wir Andreas zum Arzt."


Viele Häuserblocks und ein paar Täler weiter hörte man die Stimme von Don Martinez durch das ganze Haus hallen:

„Verschwunden? Bernardo? Wie konnte das passieren! Und die anderen: Alle tot?" Man hörte die Faust des Don auf die Schreibtischplatte donnern: „Das sollen sie mir büßen, diese Schweine!"

Don Martinez ließ sich in seinen Sessel fallen und starrte das Bild an, das vor ihm auf dem Schreibtisch stand und drei junge Männer zeigte, deren rechte Hände auf einer Art Kugel lagen, die sich auf einem runden Holztisch befand. Ein kurzes Lächeln glitt über sein Gesicht. So kurz, daß keiner der anderen Anwesenden es wahrnahm.

„Ah, Franco, es ist wie es ist. Erzähl, was ist passiert?"

Der Angesprochene trat unsicher zwei Schritte in den Raum und stand nun gegenüber Don Martinez auf der anderen Seite des Schreibtisches.

„Fang an", befahl Don Martinez.

„Also, nachdem Bernardo überfällig war, habe ich einen Wagen zum Sternenhaus geschickt." Der Don sah ihn fragend an. „Äh, er war auf dem Weg dorthin, als er sich das letzte Mal gemeldet hatte", sagte Franco entschuldigend und wirkte erleichtert, als der Don nickte und ihm ein Zeichen mit der Hand gab, fortzufahren. „Was dann geschehen ist, also, kann ich nur vermuten."

„Dann vermute, Franco."

„Also, als ich von meinen Leuten nach ein paar Stunden auch nichts gehört hatte, habe ich beschlossen, mich persönlich um die Sache zu kümmern. Deshalb bin ich heute früh zum Haus um mir ein Bild zu machen." Der Don nickte wieder zustimmend. „Als wir dort ankamen, standen zwei Wagen am Seiteneingang; beide leer. In der Tür lag Manolo, tot. Überall im Raum war Blut. Carlo und Paco lagen unweit der Tür", Franco schluckte: „beide hatten ein Messer im Rücken."

Don Martinez horchte auf: „Im Rücken", wiederholte er leise.

„Im Rücken, Don Martinez."

„Und weiter?"

„Nichts weiter."

„José? Wo war José?"

„Keine Spur von ihm oder einem seiner Leute!"

„Habt ihr das Haus durchsucht?"

Franco schaute nach unten.

„Was?" wollte der Don wissen.

„Nun, wir wußten nicht, ob die Mörder noch irgendwo lauern und, ob die Polizei, wir waren nur zu dritt…"

„Schon gut, Franco, schon gut." Der Don winkte ab. „Was habt ihr mit den Toten gemacht?" Franco wollte gerade antworten, als hinter der Tür zum Büro Stimmen zu hören waren, die immer lauter wurden. „Was ist da los?" wollte Don Martinez wissen und gab einem der an der Tür Stehenden ein Zeichen, nachzusehen. Gleichzeitig zogen alle anderen im Raum ihre Waffen.

Einen Moment später kehrte der Hinausgeschickte zurück:

„Da ist jemand draußen, der den Don persönlich sprechen will. Er lässt sich nicht abweisen und es sei sehr wichtig."

„Hat er einen Namen?"

„Er hat etwas Merkwürdiges gesagt: Ich soll ausrichten, daß der Ring zerbricht und die Schwäne nicht mehr fliegen, wenn er nicht vorgelassen wird."

„Was soll das bedeuten?" Franco schaute den Don fragend an. Der hatte sich in seinem Sessel aufgerichtet, sein Blick schien wie festgefroren auf seinen vor ihm auf dem Tisch ineinander verschränkten Fingern zu ruhen.

„Ich weiß, was es bedeutet", sagte er mit fester, aber fast tonloser Stimme und zwang sich, seinen Blick von dem Ring an seiner rechten Hand zu lösen. Er starrte zur Tür: „Lasst ihn rein."

„Aber, Don Martinez, wenn…"

„Lasst ihn rein, sofort!" Die Tür wurde geöffnet und flankiert von vier Begleitern betrat Francesco den Raum.

Francesco lächelte: „Sei mir gegrüßt, Martinez! Wie geht es Dir?" Francesco ging auf den freien Stuhl zu und setzte sich, ohne eine Aufforderung durch Don Martinez abzuwarten: „Du gestattest! Wie lange ist das jetzt her? Zehn, fünfzehn Jahre?"

„Zweiunddreißig."

„Wie doch die Zeit vergeht!" Francesco lächelte vor sich hin und schüttelte leicht seinen Kopf, „zweiunddreißig Jahre, so, so."

„Was willst du?"

„Einen alten Freund besuchen, ein gutes Glas Sherry oder Portwein trinken, ein bißchen über die alten Zeiten plaudern, eine kleine Erpressung vielleicht. Wir werden sehen."

Don Martinez hatte bei dem Wort Erpressung aufgehorcht und sah nun interessiert Francesco an. „Raus, alle!" befahl er dann.

„Sollen wir nicht lieber…" begann Franco.

„Wartet draußen."

Franco verneigte sich und verließ hinter den anderen den Raum. Don Martinez und Francesco waren allein.

„So ist es besser", sagte Francesco, „was wir zu besprechen haben geht nur uns etwas an."

„Komm zur Sache, Francesco, ich habe nicht den ganzen Tag Zeit."

„Das sehe ich ein wenig anders, Martinez." Francesco lächelte wieder und lehnte sich zurück. „Gut, wir haben geplaudert, wenn auch nicht sehr ausgiebig", sagte er und zündete sich einen Zigarillo an, „wenn du mir jetzt einen schönen Sherry oder einen Portwein anbietest, dann können wir zum letzten Punkt, der kleinen Erpressung, kommen."

Man sah Don Martinez an, daß er Francesco liebend gerne quer über seinen Schreibtisch gezogen und anschließend gegen irgendeine Wand geschleudert hätte. Irgendetwas hielt ihn aber davon ab. Er konnte es sich selbst nicht erklären, er hatte es sich sein ganzes

Leben nicht erklären können: So lange er Francesco kannte, empfand er eine Art Respekt und Bewunderung vor ihm, die ihm zuweilen Angst eingejagt hatten. Die letzten Jahrzehnte hatte er aus gutem Grund jeglichen persönlichen Kontakt zu ihm gemieden und er war mehr als froh, daß auch Francesco seinerseits keine Anstalten in dieser Richtung unternommen hatte. Umso unvorbereiteter traf ihn dessen plötzliches Erscheinen. Er mußte sich eingestehen, daß sich seit ihrer gemeinsamen Kindheit nichts geändert hatte: Er war noch immer der Schwächere, das schwarze Schaf der Familie, der Sohn der Schwester von Francescos Mutter, der durch seine Hochzeit mit Francescos Schwester die Familienehre beschmutzt hatte, was man ihm vielleicht noch verziehen hätte. Francesco hatte ihn immer beschützt, der strahlende Ritter, dem nichts Unehrenhaftes anhaftete, der immer als der Tugendhafte, der, der die Familie zusammenhielt, galt. Aber, daß er seine erste Frau verlassen hatte um mit deren Schwester Pilar, die später so viel Unglück über die ganze Familie gebracht hatte, durchzubrennen, das konnte ihm selbst Francesco nicht mehr verzeihen. Nun saß er ihm gegenüber und es war, als wenn die Zeit seit damals stehengeblieben wäre.

Don Martinez stellte eine Flasche und zwei Gläser auf den Tisch:

„Bedien dich", sagte er.


Das Krankenhaus lag an einem jener großen Plätze, die es zu Hunderten gab in den wuchernden Städten der lateinamerikanischen Staaten.

Nicole und Thomas waren mit Andreas in einen Bus gestiegen, der in Richtung „centro" fuhr. Von dort wollten sie sich durchfragen.

„Da!" hatte Nicole plötzlich gerufen und auf etwas gedeutet, das sich außerhalb des Busses an der Straße befand.

„Was ist da?" hatte Thomas wissen wollen.

„Auf dem Schild da eben stand `Hospital´, lasst uns beim nächsten Halt aussteigen."

Das hatten sie getan. Keine hundert Meter von der Stelle erhob sich ein großes graues Gebäude, das den Schulen in Deutschland glich, die um die Jahrhundertwende erbaut worden waren. An vielen Stellen fehlte der Putz, die Fassade wies nur noch vereinzelt Farbreste auf und die eingemeißelten Figuren hatten zumeist weder Köpfe noch Gliedmaßen.

„Das sieht ja nicht besonders einladend aus!" bemerkte Andreas als sie vor dem Eingang standen, „und du meinst wirklich, wir sollten da rein gehen und die können mir helfen?" Er schaute ungläubig in Nicoles Richtung.

„Na klar, warum denn nicht!"

Andreas wies mit dem gesunden Arm auf das Gebäude: „Deswegen!"

„Ach was", schaltete sich Thomas ein, „auf Äußerlichkeiten kommt es doch nicht an, oder? Schließlich bist du doch auch mein Freund!" Er versetzte Andreas einen leichten Knuff in die Seite.

„Wenn man das so sieht", grinste der, „und die gutaussehende junge Dame neben dir, hat schließlich auch dieses merkwürdige Wesen neben ihr in ihr Herz geschlossen. Das lässt mich hoffen. Gehen wir rein!"

Sie betraten das Gebäude durch eine große Flügeltür, die zu aller Erstaunen von selbst den Weg ins Innere freigab.

„Wauw!" entfuhr es Andreas. Die Eingangshalle glich einem Hotelfoyer im Kolonialstil und schien gerade erst renoviert worden zu sein. „Wenn die anderen Räume genauso aussehen, weiß ich schon, wo ich meinen restlichen Urlaub verbringen werde!" Andreas drehte sich staunend im Kreis und betrachtete die Verzierungen an den Wänden und die großen Wandgemälde mit Darstellungen aus dem medizinischen Bereich. Die Säulen und der Boden waren aus Marmor.

Nicole unterbrach ihn, indem sie ihn an den Grund ihres Hierseins erinnerte: „Da drüben ist die Anmeldung, kommt", sagte sie knapp und ging voraus. Dann verschwand sie in einem kleinen Raum mit einer Glastür.

Thomas und Andreas warteten aus Ermangelung von Platz vor der Tür und sahen, wie Nicole mit einer Schwester sprach und dabei immer wieder auf Andreas deutete. Ab und an öffnete sie die Tür, steckte ihren Kopf heraus, stellte ein paar kurze Fragen um dann wieder hinter der Glastür zu verschwinden.

„Ist schon gut, daß sie dabei ist", sagte Thomas.

„Ja", pflichtete Andreas ihm bei, „die sprechen hier bestimmt kein englisch und deutsch schon erst recht nicht!"

„Und wir mit unserem spanisch!"

„Vor allem ich mit meinem `si´ und `nicht si´!" Beide mussten lachen.

„Was ist denn so lustig?" hörten sie Nicoles Stimme, „scheint ja nicht mehr so schmerzhaft zu sein. Dann können wir ja wieder gehen."

„Nein, wir haben nur…"

„Da lang!" Nicole zeigte auf eine Treppe an der einen Seite der Halle.

Zwei Stockwerke höher bewegten sie sich durch einen schier endlosen Gang, der eher der Fassade als der Eingangshalle glich. Auch die Räume hinter den vielen Türen, von denen die meisten offen standen, machten einen eher jämmerlichen Eindruck.

„Hoffentlich muß ich nicht bleiben!" sagte Andreas.

„Wie?" Nicole schaute ihn verständnislos an: „wolltest du nicht eben noch deinen restlichen Urlaub hier verbringen?" Sie grinste und fügte hinzu: „Wäre übrigens kein Problem, ich habe gefragt. Die Kosten halten sich in Grenzen und du würdest das von deiner Kasse sogar zurückbekommen. Na, was ist?" Andreas schwieg.

Schließlich erreichten sie eine Art Wartebereich mit einem Pult, hinter dem sich eine Schwester befand. Sämtliche Plastikstühle waren besetzt. An den Wänden lehnten Männer und Frauen, andere saßen einfach auf dem Boden.

„Da, setz dich irgendwo hin und warte", sagte Nicole, nachdem sie mit der Schwester gesprochen hatte, „es ist dein Glückstag: der Arzt hat in Deutschland studiert. Du wirst von ihm aufgerufen."

Andreas strahlte: „Das ist ja mal eine gute Nachricht." Sein Strahlen verschwand augenblicklich, als Nicole fortfuhr:

„Es wird eine Weile dauern, wie du siehst. Wir haben noch etwas Wichtiges zu erledigen und treffen uns dann am Nachmittag hier wieder!"

„Wie? Ihr wollt mich hier mutterseelenallein zurücklassen?" Andreas Stimme klang flehend.

„Mutterseelenallein?" sagte Nicole und schaute sich um.

„Aber, ich…"

„Vielleicht findest du neue Freunde", sagte Nicole verschmitzt, „oder hier…" Sie hatte von einem kleinen Tischchen eine Zeitschrift gegriffen und sie Andreas gereicht.

„Das ist ja alles spanisch!"

„Ja, aber schau, es sind auch Bilder drin!" Nicole drehte sich um, griff nach Thomas Hand und rief winkend im Davongehen: „Hasta la vista!"

Thomas schaute hilflos zu Andreas, zuckte mit den Schultern und sah dann Nicole fragend an: „Was war denn das eben?"

„Ach, weißt du", sagte sie, nachdem sie den langen Gang verlassen hatten und sich an der Treppe nach unten befanden, „ich wollte einfach mal ein bißchen mit dir alleine sein." Sie legte ihre Arme um Thomas Hals und ihre Lippen suchten seine. Jeglicher Protest in Thomas löste sich in Nichts auf und er schwebte über die Höhen der Anden.

„Du…"

„Ja?" Nicole schaute Thomas von unten ins Gesicht. Ihr Kopf lag auf seinen Oberschenkeln und er fuhr zärtlich mit seiner einen Hand durch ihre Haare. Die beiden saßen auf einer Bank auf dem Platz gegenüber dem Krankenhaus und genossen ihre Zweisamkeit. Um sie herum pulsierte das Leben.

„Hast du das wirklich getan, damit wir beide mal eine Weile für uns alleine haben oder wolltest du nur Andreas etwas ärgern?"

„Hmm", Nicole schloß die Augen, „wenn ich ehrlich sein soll, dann..."

„Was dann?"

„…eigentlich hatte ich gedacht, daß wir nochmal versuchen, mit Conchita zu reden."

Thomas schlug sich mit der Hand an die Stirn. Nicole schreckte hoch:

„Was ist los?"

„Vergessen, hatte ich vollkommen vergessen!" Er sah Nicole an, die jetzt neben ihm saß. Ihre großen Augen schienen seine in sich auf zu saugen: „Böse?"

„Klar."

„Und was können wir dagegen tun?"

„Ich wüsste da schon etwas!" Ihre Lippen näherten sich seinen und wieder begab sich Thomas auf eine Tour ins Hochgebirge.

Einige Minuten später befanden sich die beiden auf dem Weg zu Conchita.


**C**onchita saß auf der Schwelle vor ihrem Haus.

„Mama?"

„Ja, Maria?"

„Ist das was Gutes, wenn man näher bei Gott ist?"

Conchita schaute ihre ältere Tochter überrascht an: „Wie kommst du denn darauf?"

„Onkel Manuel hat das gesagt, gestern." Maria stand vor ihrer Mutter und hatte ihre Lieblingspuppe im Arm.

„Weißt du", sagte Conchita und zog ihre Tochter zu sich, „daß kommt darauf an."

„Worauf?"

„Also, das ist so…", begann Conchita.

„Mama! Mama! José hat gesagt, ich darf die Kette nicht mehr haben!" Cassiopeia kam aus dem Inneren des Hauses auf die Straße gerannt und warf sich schluchzend an die Seite ihrer Mutter.

„Ist ja gut", versuchte Conchita ihre jüngere Tochter zu trösten, „das meint er nicht so." Sie legte den freien Arm um Cassiopeia und war erleichtert darüber, daß sie die Frage ihrer älteren Tochter vorerst nicht zu beantworten brauchte.

„Doch, meint er wohl!"

„Du kannst die Kette behalten, Cassiopeia. Wie kommt er darauf, daß du sie nicht mehr haben darfst?"

„Er hat gesagt, weil sie von Fremden ist. Von denen darf man nichts nehmen."

Conchita lächelte. Das hatte sie ihren Kindern wieder und wieder gesagt und es erfüllte sie mit einem gewissen Stolz, daß ihr Sohn sich in der Abwesenheit seines Vaters als der Mann im Hause fühlte, der die Verantwortung übernehmen mußte für seine Schwestern.

„Darf ich die Kette behalten, bitte?" Cassiopeias Stimme klang flehend.

„Natürlich, ich rede mit José."

„Bestimmt?"

„Bestimmt!"

„Ich darf die Kette behalten und du kannst mir das nicht verbieten!" Cassiopeia war aufgesprungen und laut schreiend in das Haus gelaufen.

Conchita schaute ihr hinterher und wußte nicht, ob sie weinen oder lachen sollte. Maria hatte sich inzwischen mit ihrer Puppe in den Sand gesetzt und für den Moment vergessen, was sie ihre Mutter gefragt hatte. Das Lächeln, das eben noch Conchitas Gesicht eingenommen hatte, wich einem sehr ernsten Blick. Die letzten Tage waren sehr hart für sie gewesen. Carlos war noch immer verschwunden und die Wahrscheinlichkeit, daß er nicht mehr am Leben war, stieg von Stunde zu Stunde. Sie war allein mit ihren drei Kindern und dem vierten in ihrem Bauch. Liebevoll schaute sie an sich herunter und strich über die kleine Wölbung: Es war das Letzte, was Carlos ihr hinterlassen hatte. Tränen liefen ihr über das Gesicht. Don Alfredo hatte ihr seine Hilfe angeboten. Er hatte es Ernst gemeint. Was war in ihr vorgegangen, als sie ihn wiedergesehen hatte, nach so langer Zeit! Die letzten Tage waren auch eine Begegnung mit ihrer eigenen Kindheit, die sie schon fast vergessen hatte. Alles in ihr war durcheinander. Sie versuchte, einen klaren Gedanken zu fassen, aber es war ihr nicht möglich.

„Bist du traurig?" Die Stimme von Maria holte sie in die Gegenwart zurück.

„Nein, Maria, nein."

„Warum weinst du dann, Mama?"

Conchita nahm ihre Tochter in die Arme und drückte sie fest an sich.

„Kommt Papa bald zurück?"

„Ja, Maria, bald, sehr bald", sagte sie und glaubte selbst nicht an ihre Worte.


Francesco hatte das Haus von Don Martinez verlassen und befand sich nun auf dem Weg zurück zu Don Alfredos Haus. Seine Miene verriet, daß nicht alles nach Plan verlaufen war.

„Hochmut kommt vor dem Fall", sagte er zu sich selbst, „du hattest dich zu sicher gefühlt, zu sehr als der Sieger." Er schüttelte den Kopf, blieb stehen und lenkte seinen Schritt in eine andere Richtung. „Carlos kann noch warten", sagte er, „ich muß erst mit Gomez sprechen. Ich muß wissen, was schiefgelaufen ist."

Zwanzig Minuten später befand er sich in einer Bar, die der glich, in der Diego Carlos empfangen hatte. Ihm gegenüber saß Gomez.

„Ich weiß nicht, Don Francesco, wir haben alles so gemacht, wie besprochen", sagte Gomez und drückte den Rest seiner Zigarette in der Metallschale aus, die als Aschenbecher diente.

„Und wo ist dieser Pablo geblieben?" Der Don schaute seinen Gegenüber lange an. „Und warum sind alle Leute von Don Martinez tot?"

Gomez schwieg und schaute nach unten. Seine Hand suchte Halt an seiner Bierflasche.

„Hat euch jemand beobachtet?"

„Unmöglich", er schaute auf, „es war niemand da unten außer uns. Als wir durch den Geheimgang aus dem Haus sind, lebten die anderen noch."

Don Francesco starrte auf das kleine Glas vor ihm, in dem sich eine durchsichtige Flüssigkeit befand. „Es muß noch jemand anders da gewesen sein. Das ist die einzige Möglichkeit. Aber wer und warum?"

„Außer uns kommt nur José in Frage und warum sollte der zurückgekommen sein, er vertraut ihnen."

„Das ist es!" Don Francesco ließ seinen Stock auf die Tischplatte knallen: „Er vertraut mir, aber ich bin nicht der Grund! Was wäre passiert, wenn man Don Martinez berichtet hätte, daß José und seine Leute auf ihre eigenen Männer geschossen hatten?" Ohne eine Antwort seines Gegenübers abzuwarten, fuhr er fort: „Genau! Er hätte gewusst, daß José ihn verraten hat. Also mußte der alle Zeugen beseitigen. Don Martinez sollte denken, daß jemand von außerhalb es auf ihn abgesehen hat." Don Francesco machte eine Pause, leerte sein Glas und gab dem Mann hinter der Bar ein Zeichen. Der kam augenblicklich mit einer Flasche an den Tisch und füllte das Glas wieder. „Ich habe José unterschätzt. Weißt du, wo er jetzt ist?"

„Nein, Don Francesco. Seit gestern ist er wie vom Erdboden verschwunden."

„Findet und beobachtet ihn. Ich muß mich um Carlos und seine Familie kümmern. Ihr wisst, wo ihr mich erreichen könnt?"

„Si, Don Francesco." Gomez war aufgestanden und hatte sich leicht vor dem Don verbeugt.

„Schon gut, schon gut." Der Don leerte sein Glas und verließ die Bar.

„Setz dich irgendwo hin! Nimm dir eine Zeitung!"
Andreas hatte das Wartezimmer verlassen und befand
sich in dem dort mündenden Gang. Er ging unablässig
die zwei Schritte von der Außenwand bis zur
gegenüberliegenden Tür und wieder zurück. „Es sind
auch Bilder drin! Frechheit. Eine Unverschämtheit!"
brabbelte er vor sich hin.
Zwei Schritte vor, Drehung, zwei Schritte vor,
Drehung. Er wußte nicht, wie oft er so hin- und
hergegangen war, als er eine Stimme hörte, die ihm
irgendwie bekannt vorkam:
„Jungchen, nein, was machst du denn hier?"
Er blieb stehen und schaute in die Richtung, aus der
die Stimme gekommen war. Sie war es: Hilde vom
Wasserfall. Einen Moment dachte er an Flucht, aber der
einzige Weg war ihm versperrt durch seine neue
mütterliche Freundin. Kaum hatte er diesen Gedanken
zu Ende gedacht, da war sie auch schon heran und er
fühlte sich gegen ihre Mutterbrust gedrückt. Seinen
Schmerz im rechten Arm unterdrückend japste er nach
Luft:
„Ha-, hallo, Hi-, Hilde!"
„Ach, Jungchen, schön, dich zu sehen. Du ahnst ja
gar nicht, was wir hier alles erlebt haben bisher. So
einen aufregenden Urlaub habe ich noch nie gehabt.
Komm, da hinten können wir uns setzen und dann
plaudern wir ein bißchen." Sie mußte Luft holen und
Andreas nutzte die Gelegenheit, um ihr zu sagen,
warum er hier war und, daß er nicht so einfach mal
weggehen könne, bevor er beim Arzt gewesen wäre.
„Wenn das alles ist!" sagte Hilde und schaute ihn
strahlend an, „den Arzt kenne ich gut, das haben wir

gleich. Warte hier, ja?"

„Natürlich", sagte Andreas, erleichtert, daß er, zumindest für den Augenblick, wieder frei atmen konnte.

Hilde schwebte durch den Warteraum, redete kurz mit der Schwester hinter dem Tresen und entschwand dann seinen Blicken.

„Puh, Glück gehabt!" dachte Andreas. Seine Freude währte keine zwei Minuten:

„Jungchen, hierher!" hörte er Hildes Stimme und sah sie neben dem Tresen, wo sie beide Arme durch die Luft wirbelte, „hierher!"

„Ja, ich komme", sagte er resignierend.

„Komm, Jungchen, komm." Sie ergriff seine linke Hand und zog ihn mit sich. „Hier, hier rein", sagte sie und zeigte auf eine Tür an der Seite. Sie öffnete die Tür und schob ihn vor sich in den Raum. Im Innern saß hinter einem einfachen Schreibtisch ein junger Mann in einem weißen Kittel. „Das ist Doktor Muller", sagte sie erklärend, „ein phantastischer Arzt."

„Sie übertreiben, Señora Hilde", sagte er lächelnd in einem fast akzentfreien deutsch. Dann wandte er sich an Andreas: „Was kann ich für sie tun, Señor?"

„Andreas, ich heiße Andreas."

„Gut, also Señor Andreas, was ist los?"

Andreas schilderte kurz seinen Sturz am Wasserfall.

„O je, o je, das war alles meine Schuld", jammerte Hilde im Hintergrund.

„Und dann bin ich gestern…", er zögerte einen Moment, „ausgerutscht und auf dieselbe Stelle gefallen und jetzt scheint etwas gebrochen zu sein. Ich kann den Arm jedenfalls nicht mehr bewegen."

„Dann wollen wir uns das mal gleich anschauen." Er wandte sich an Hilde: „Ich glaube, Señora Hilde, sie müssen uns für eine Weile verlassen."

„Oh, ja, natürlich, natürlich, kein Problem", sagte sie und erhob sich, „ich warte draußen, wenn du fertig bist, dann können wir plaudern." Die Tür schloß sich hinter ihr und Doktor Muller begann mit seiner Untersuchung.

„Es besteht kein Zweifel", sagte er und hielt die Röntgenaufnahme gegen eine Fensterscheibe, „sehen sie, hier, ein ganz glatter Bruch. Gratuliere."
Andreas versuchte zu lächeln, „danke, ich könnte mir was Schöneres vorstellen."
„Im Ernst, seien sie zufrieden, daß es so ist. Ein angebrochener Knochen heilt viel schwieriger als ein gebrochener. Ich werde ihnen einen Gips anlegen lassen."
Andreas Augen weiteten sich: „Gips?"
„Das ist gar nicht so schlimm, in zwei oder drei Wochen kann er wieder ab und dann können sie ihren Arm wieder so bewegen wie vorher."
„In zwei oder drei Wochen!" Andreas schluckte, „dann ist mein Urlaub zu Ende." Er ließ den Kopf hängen.
„Machen sie das Beste draus: genießen sie die Zeit hier, lassen sie sich von ihrer Freundin verwöhnen. Ich gebe ihnen noch einen Zettel für ihren Arzt in Deutschland mit, damit der die Behandlung weiterführen kann."
„Ja, Danke, Doktor Muller, vielen Dank."
„Nichts zu Danken! Conzuela, kommst du mal!" Aus einem Nachbarraum kam eine Krankenschwester. „Das ist Schwester Conzuela, sie wird das mit dem Gips erledigen. Alles Gute."
Andreas schaute auf, und seine Augen weiteten sich: Conzuela war eine zweite Isabella. Während der Doktor noch einige Anweisungen in Spanisch gab, war Andreas in das Reich der Träume entrückt und in seinen Gedanken befand er sich an einem einsamen

Strand, wo ihm Schwester Conzuela ihre Betreuung zu Teil werden ließ. Die Schwesternuniform bestand aus einem sehr knappen Bikini und die Arznei wurde in Form von Caipirinha gereicht.

„Por Favor, Señor", sagte sie.

Andreas streckte seine Hand aus, um das Glas zu nehmen. Er spürte ihre Hand in der Seinen. „Was für ein fester, männlicher Griff", dachte er.

„Also dann, nochmal alles Gute. Wenn noch etwas sein sollte, kommen sie jederzeit wieder vorbei", hörte er die Stimme von Doktor Muller, der vor ihm stand und dessen Hand er seit geraumer Zeit zu schütteln schien.

„Ja, danke, Doktor, danke, sofort", stotterte er und folgte Schwester Conzuela in den Nachbarraum.


Nicole und Thomas gingen nebeneinander die lange, staubige Straße entlang, die sie zu dem Haus von Carlos Frau führen würde. Beide hingen ihren Gedanken nach. Die Sonne brannte wie jeden Tag unerbittlich vom Himmel und beide sehnten sich nach einem kühlen Getränk und etwas Schatten.

„Wir müssen das jetzt tun", dachte Nicole und umschloss das Kreuz, das sie in der Tasche ihres Rockes hatte, fester mit ihrer Hand.

Thomas überlegte, was sie wohl machen würden, wenn sie das alles hier hinter sich hatten: „Dann ist unser Urlaub vorbei und wir müssen wieder nach Hause", ging es ihm durch den Kopf und sein Gesicht nahm einen traurigen Ausdruck an.

„Hey!" Nicoles Stimme ließ ihn in die Realität zurückkehren:

„Was ist los, Nicole?"

„Hast du den eben gesehen. Das kann doch wohl

nicht wahr sein!" Sie hustete und wedelte mit ihrer Hand vor ihrem Gesicht: Die ganze Straße war wie in Nebel getaucht und Thomas sah noch undeutlich die Umrisse eines Autos vor ihnen verschwinden, das der Verursacher dieses Ärgernisses war. „Erst fährt er einen fast über den Haufen und dann das!" ereiferte sich Nicole. Dabei wedelte sie ununterbrochen weiter.

„Ist ja nichts passiert", beruhigte sie Thomas, „komm weiter, wenn sich der Nebel gelegt hat, werde ich dich entsanden."

Sie grinste: „Ich nehme dich beim Wort!" Dann hakte sie sich bei Thomas unter.

Schritt für Schritt kämpften sich die beiden die Straße weiter empor und nach und nach normalisierte sich die Sicht wieder. Das Haus von Conchita tauchte in der Ferne auf. Gegenüber stand das Auto, das sie in Staub gehüllt hatte. Ein Mann in einem abgetragenen Anzug stand scheinbar lässig gegen die Fahrertür gelehnt. Wenn man genauer hinsah, bemerkte man die Nervosität in seinem Gesicht: Immer wieder beobachtete er die Straße in beide Richtungen.

„Merkwürdig", sagte Thomas, „ein Auto…"

„Was ist an einem Auto merkwürdig?" unterbrach Nicole ihn, „es gibt zig Millionen davon auf der Welt und sogar in diesem Land, falls dir das bisher entgangen sein sollte!"

„Aber nicht in dieser Gegend, oder?" sagte Thomas etwas gereizt über Nicoles in seinen Augen ziemlich dumme Bemerkung.

„Wenn du das so sagst", hauchte sie beschwichtigend und sich selbst über ihr mal wieder zu vorlautes Mundwerk ärgernd, „stimme ich dir natürlich voll und ganz zu." Sie drückte sich an ihn und ihre Augen blickten von unten an ihm hoch.

„Ja, Entschuldigung angenommen. Komm", er zog sie mit sich auf die Seite zum Tal, an der in unregelmäßigen Abständen Bäume standen, die zumindest eine gewisse Deckung boten, „lass uns bis zu dem da vorne gehen und dann abwarten." Er zeigte auf einen ziemlich umfangreichen Gummibaum, der sich etwa zwanzig Meter von Conchitas Haus entfernt erhob. Als sie ihn erreicht hatten, ließen sich die beiden einfach in den Sand fallen und nutzten den Stamm des Baumes als Rückenlehne.

„Was siehst du?" wollte Nicole wissen.

Thomas schaute scheinbar gelangweilt die Straße rauf: „Der Typ steht noch immer vor dem Auto, scheint ziemlich nervös zu sein."

„Und sonst?"

„Nichts."

Die Minuten schlichen dahin, die Sonne schien unerträglich zu werden und außer ein paar Kindern, die die Straße entlang zogen und in einem der Häuser gegenüber verschwanden, passierte eine Ewigkeit nichts.

„Jetzt!" Thomas richtete seinen Oberkörper auf, seine Stimme klang erregt: „Ein anderer Typ kommt aus dem Haus, mit einem alten Koffer, er geht zum Auto, der andere öffnet den Kofferraum, Koffer rein. Er geht wieder ins Haus zurück."

„Und weiter?"

„Sei doch nicht so ungeduldig!"

„Ist ja schon gut, ich werde nichts mehr sagen." Sie lehnte sich schmollend wieder an den Gummibaum.

„Er kommt wieder raus, mit einem zweiten Koffer. Jetzt sehe ich eine Frau, das muß Conchita sein. Sie steht in der Tür und ruft irgendwas ins Haus. Da ist ein Junge. Das muß ihr Sohn sein und das ältere

Mädchen..."

„Maria", warf Nicole ein.

„Richtig, Maria, die ist auch da und beide haben ein kleines Köfferchen in der Hand. Der Mann am Auto hat die hintere Tür geöffnet und ruft die Kinder. Sie schauen ihre Mutter an. Die beugt sich zu ihnen hinunter und umarmt sie. Sie macht ihnen Zeichen, in den Wagen zu steigen. Sie tun es. Der Mann schließt die Tür und steigt selber ein. Das Auto fährt los. Vorsicht! Es wendet und kommt in unsere Richtung!"

Ehe Nicole reagieren konnte, hatte Thomas sie an sich gezogen und ein langer Kuss ließ sie einen Moment die Gegenwart vergessen.

„Was, was war das denn?" stotterte sie.

„Damit wir nicht so auffallen", sagte Thomas.

„Können wir das demnächst vielleicht ein paar Mal wiederholen?"

„Vielleicht", grinste Thomas und schaute wieder zu dem Haus: „Conchita steht noch immer in der Tür. Sie redet mit jemandem im Innern. Der andere Mann steht an einem Baum gegenüber. Sie scheinen zu warten."

Einen Moment später wußten Nicole und Thomas, worauf die beiden gewartet hatten: Ein zweites Auto kam die Straße herauf und hielt vor dem Haus. Die hintere Tür öffnete sich und ein gut gekleideter älterer Herr stieg aus dem Wagen, er trug einen Spazierstock mit goldenem Griff.

„Francesco, es ist Francesco", sagte Thomas aufgeregt.

„Francesco? Wir müssen sie warnen!" Nicole Stimme klang erregt.

„Und wie?" wollte Thomas wissen. Er sah kurz zu Nicole und schaute dann wieder die Straße hinauf.

„Was ist das denn nun wieder?" Thomas Stimme klang mehr als verwundert.

„Was ist los, was siehst du?"

„Er ist zum Haus gegangen und sie hat ihn umarmt!"

„Umarmt? Conchita ihn?"

„Ja, wie einen alten Freund! Verstehst du das?"
Nicole schüttelte den Kopf. „Ich auch nicht. Jetzt sind sie im Haus verschwunden. Der Wagen wendet. Sie kommt heraus und ihr wird die hintere Tür geöffnet. Sie schaut sich um und wischt sich mit der Hand über die Augen. Ich denke, sie weint. Francesco kommt. Er hat die Kleine auf dem Arm. Sie hält ihre Puppe und lacht."

„Sie lacht?"

„Ja, sie scheint keinerlei Furcht zu haben. Jetzt gibt Francesco sie ihrer Mutter. Sie setzt sie vor sich ab, redet mit ihr und zeigt auf den Wagen. Die Kleine hüpft aufgeregt und krabbelt jetzt in das Auto. Conchita umarmt Francesco und steigt ebenfalls ein. Der Wagen fährt ab."

„Und Francesco?"

„Der steht da und schaut hinterher. Er sieht nachdenklich aus, aber irgendwie zufrieden." Thomas schaute Nicole an: „Begreifst du das?"

„Nein, Thomas. Warum hat sie ihn umarmt? Weiß sie nicht, was er mit ihrem Mann vorhat?"

„Sie scheint ihn zu kennen und sie scheint ihm zu vertrauen."

„Das kann alles ein Trick sein. Wir müssen es Carlos erzählen und - zur Polizei?"

„Was willst du ihnen sagen? Daß eine Frau mit ihren Kindern in zwei Autos abgeholt wurde von jemandem, den sie freudig umarmt hat wie einen alten Freund? Ich glaube nicht, daß das strafbar ist. Sie würden über uns lachen, mehr nicht."

Beide schwiegen und saßen an dem alten Gummibaum, der ihnen zumindest im Rücken einen gewissen Halt gab.

„Na, da bist du ja, Jungchen!" Hildes Stimme klang erleichtert. Andreas hatte den Behandlungsraum verlassen und im Stillen gehofft, daß Hilde wichtige Termine hatte wahrnehmen müssen. „Ortwin kommt auch gleich. Oh!" sie schlug die Hände vor ihr Gesicht, „was haben sie denn mit dir gemacht!"

„Das ist nur ein Gips", sagte Andreas.

„Nein, nein, das ist alles meine Schuld. Wie kann ich das nur wieder gutmachen?"

„Nicht mehr drücken wäre ein Anfang!" sagte Andreas vor sich hin. Zum Glück gab es in diesem Moment eine Lautsprecherdurchsage, so daß Hilde ihn nicht verstehen konnte.

„Wo sind denn deine Freunde, Jungchen?"

„Die haben noch was zu erledigen und kommen später wieder", sagte er und dachte: „Alleine hier sitzen gelassen haben die mich, weil es ihnen zu lange gedauert hat und sie was Besseres vorhatten."

„Ich weiß!" Hilde strahlte wieder, „wenn Ortwin kommt, dann gehen wir essen. Du hast bestimmt Hunger. Es gibt hier ein phantastisches kleines Restaurant. Einheimische Küche und urgemütlich, haben wir durch Zufall entdeckt, als Ortwin ein WC gesucht hat. Er hat es mit der Blase, mußt du wissen. Das ist bei Männern ab einem gewissen Alter so. Ein Traum. Und das Essen, superb wie man so sagt. Es wird dir gefallen."

„Aber…"

„Nichts aber! Das ist das Mindeste, was ich für dich tun kann. Dann können wir ein bißchen plaudern."

Andreas gab auf. Warum sollte er eigentlich die Einladung nicht annehmen? Es konnte noch mehrere

Stunden dauern, bis Nicole und Thomas wieder hier waren. Er sah den langen Gang erst in die eine Richtung, dann in die andere Richtung entlang. Besonders einladend wirkte das alles nicht.

„Was ist, Jungchen?" Hilde sah ihn besorgt an, „ach, ich Dummchen! Du hast bestimmt große Schmerzen. Vielleicht ist es doch besser, wenn du dich irgendwo ausruhst und wir verschieben das Essen auf ein anderes Mal."

„Nein, nein, es geht schon", beeilte sich Andreas zu sagen, dem der Gedanke, die nächsten Stunden hier alleine verbringen zu müssen bei näherem Hinsehen gar nicht mehr so vielversprechend erschien. „Vielleicht können wir eine Nachricht hinterlassen, für meine Freunde, nur, falls sie früher zurückkommen."

„Natürlich. Wenn das dir Sorgen bereitet hat. Das machen wir sofort. Ortwin!" Sie hatte ihren Mann am Ende des Ganges entdeckt und winkte ihm in ihrer unnachahmlichen Art. Ortwin sah und gehorchte.

„Hallo, junger Mann, schön sie wiederzusehen", sagte er.

„Ja, danke, gleichfalls."

„Ortwin, du regelst das mit der Schwester und dann gehen wir in dieses nette, kleine Restaurant, ja?" Sie lächelte ihren Mann an, der aus allen Poren schwitzte.

„Wenn es dir eine Freude macht", sagte er, „bin gleich wieder da."


Es war etwa 17 Uhr, als Thomas und Nicole das Krankenhaus erneut betraten und sich zu der Stelle begaben, an der sie Andreas Stunden vorher protestierend zurückgelassen hatten. Sie erwarteten einen genervten und mürrischen Freund vorzufinden, der sie mit Vorwürfen überschüttete. Stattdessen erfuhren sie von der Schwester hinter dem Tresen, daß ihr Freund schon vor einiger Zeit mit Freunden weggegangen sei und im „Picada" eine Straße weiter zu finden ist.

„Freunde?" sagte Thomas, „was für Freunde?" Er schüttelte seinen Kopf: „Wir sind seine Freunde, oder?"

Nicole blickte nachdenklich: „Hoffentlich ist ihm nichts passiert!"

„Du meinst?"

Nicole nickte.

„Komm, wir gehen in dieses `Pisada´…"

„Picada!" korrigierte ihn Nicole.

„Von mir aus auch das! Laß uns gehen." Die beiden verließen das Gebäude und gingen in die angegebene Richtung.

„Da!" rief Nicole, „da ist es!" Sie zeigte auf zwei kleine Fenster, die sich in einem dreistöckigen Bau befanden, der noch keine zwanzig Jahre alt war. „Sieht nicht sehr einladend aus, oder?" Sie schaute Thomas fragend an.

„Finde ich auch, alles ziemlich farblos und heruntergekommen hier."

Die kleine Tür ließ sich öffnen und sie betraten einen Raum in der Größe einer mittleren Zweizimmerwohnung. Gegenüber der Tür befand sich eine Art Bar und vor den Fenstern und überall im restlichen Raum waren kleine Tischchen verteilt, wie man sie auf Terrassen oder Balkonen verwendete.

„Plastiktische und Plastikblumen!" sagte Thomas und deutete auf die kleinen Sträußchen, die sich auf den Tischen befanden. Die meisten Plätze waren unbesetzt. Es war zu spät für das Mittagessen und noch zu früh für die abendliche Speisenaufnahme.

„Siehst du ihn?"

„Nein. Du?"

Nicole schüttelte den Kopf: „Fragen wir den Ober." Sie ging zu dem Tresen und sprach mit dem Mann, der sich dahinter befand. „Also, er war hier, mit einem Ehepaar, die aus Deutschland sind und er lässt uns ausrichten, daß er bei Don Alfredo auf uns wartet."

„Was?" Thomas wirkte empört. „Wir rennen den halben Tag bei brütender Hitze durch die Stadt, machen uns Sorgen um ihn und der amüsiert sich hier mit wem auch immer und dann fährt er einfach nach Hause!" Thomas setzte sich auf einen der Plastikstühle.

„Komm, beruhige dich", sagte Nicole, „schließlich sind wir nicht ganz unschuldig daran." Thomas schaute sie fragend an. „Hast du vergessen, daß wir ihn einfach im Warteraum zurückgelassen haben?"

Thomas lächelte, „Stimmt. Geschieht uns ganz recht. Aber, wenn wir schon mal hier sind: Wollen wir etwas trinken, bevor wir uns auf den Rückweg machen?"

„Gerne", sagte Nicole und setzte sich zu ihrem Freund.


José stand am Fenster der kleinen Wohnung und sah durch die durchlöcherte Gardine auf die staubige Straße davor. Sein Versteck hatte er genial gewählt: Niemand würde ihn in der Wohnung von Pablo vermuten. Der Wirtin hatte er erzählt, daß er ein Geschäftsfreund ist, für den Pablo einen wichtigen Auftrag ausführt, der ihm eine gewisse Summe einbringt. Das beruhigte Doña Esmeralda. Wenn Pablos Geschäfte gut gingen, war die Miete gesichert, das war ihr das Wichtigste. Ansonsten interessierte es sie nicht besonders, was dieser Geschäftsfreund in Pablos Wohnung machte. Am Anfang war sie etwas verwundert darüber, daß er nicht alleine auf Pablos Rückkehr wartete, aber auch dafür hatte José eine plausible Erklärung, die unterstützt wurde von einem nicht gerade dünnen Bündel von Geldscheinen. Diese Sprache verstand Doña Esmeralda und sie wußte, daß es besser war, keine weiteren Fragen zu stellen.

„Da seid ihr ja endlich!" Andreas hatte auf der Steinbank in dem Garten hinter der Mauer bei Don Alfredo gesessen und war aufgesprungen, als er Nicole und Thomas durch das eiserne Tor eintreten gesehen hatte.

„Was heißt hier endlich!" sagte Thomas gespielt verärgert, „wer hat sich denn heimlich auf und davon gemacht?"

„Habt ihr meine Nachricht nicht bekommen?"

„Doch, haben wir, deshalb sind wir ja so spät!" Nicole schaute Andreas mit einer Mischung aus Ärger und Mitleid an: „Wie geht es Dir denn?"

„Danke der Nachfrage. Wenn du das da meinst", er zeigte auf seinen eingegipsten Arm, „ganz gut, aber…"

„Aber was?" wollte Nicole wissen.

„Na, er hat ein schlechtes Gewissen, weil er nicht auf uns gewartet hat. Was sonst." Thomas setzte sich auf die Bank.

„Es ist wegen Susanne."

„Was ist mit ihr?" Nicoles Stimme überschlug sich fast vor Erregung, „ist sie da? Wo war sie? Wo ist sie? Geht es ihr gut?"

„Beruhige dich, es geht ihr gut. Das ist es ja." Andreas setzte sich neben Thomas und legte seinen Kopf an dessen Schulter.

„Was ist denn jetzt los?" wollte der wissen und rückte

ein Stück zur Seite, so daß Andreas Kopf nach unten rutschte: „Also, was?"

„Antonio!"

„Antonio?"

„Der Typ aus dem Museum."

„Ja, wir wissen, wer das ist. Was ist mit dem?"

„Sie ist bei ihm."

Zwei Augenpaare starrten ihn mit größtem Interesse an.

„Ja, sie hat angerufen heute. Anna hat es mir erzählt."

„Und weiter?" Nicole saß jetzt auf dem Boden vor der Bank.

„Nichts weiter. Den Rest habe ich nicht verstanden. Du weißt, mein spanisch ist nicht gerade gut."

„Ich gehe und frage sie!" sagte Nicole im Aufspringen und war bei den letzten Worten schon im Haus verschwunden. „Anna!" hörte man sie noch rufen.

„Schon gut", sagte Thomas und legte seinen Arm um Andreas, „wird schon alles eine vernünftige Erklärung haben. Du weißt, was sie nach neulich Abend über ihn gesagt hat."

„Ja, deshalb mache ich mir ja solche Sorgen."

Schweigend saßen die beiden nebeneinander, bis Nicole aufgeregt wieder in den Garten gestürmt kam.

„Also…", japste sie.

„Setz dich und hol´ erstmal Luft!" sagte Thomas und deutete auf den Platz neben sich.

Nicole nahm ihren alten Platz am Boden ein. „Also, Susanne hat wirklich angerufen." Sie sah die skeptischen Blicke von Andreas und Thomas. „Ich habe mit ihr gesprochen."

„Du hast was?" Andreas schaute sie ungläubig an.

„Telefon", sagte sie, „das Ding heißt Telefon."

Andreas schlug sich mit der Hand seines unverletzten

Armes vor die Stirn: „Hätte ich auch drauf kommen können!"

„Egal", fuhr Nicole fort, „Antonio hat sie in dem Haus gefunden."

„Im Sternenhaus?" Thomas sah Nicole ungläubig an: „Woher wußte er denn, daß sie dort war?"

„Ja, woher wußte er das!" sagte Andreas aufgeregt.

„Er hatte früh vor dem Haus gewartet, weil er mit ihr reden wollte wegen, ihr wisst schon. Als wir dann alle zusammen rausgekommen sind, hat er sich nicht getraut und ist uns heimlich gefolgt."

„Klingt logisch", sagte Andreas.

„Ist auch egal. Was genau passiert ist, erzählt sie uns morgen."

„Morgen?"

„Ja, Andreas, morgen." Nicole druckste herum, als wenn ihr die nächsten Worte unangenehm sein würden: „Es ging ihr nicht so gut und Antonio hat sie mit zu sich genommen."

„Dieser miese, hinterhältige Don Juan!" rief Andreas und sprang auf.

„Beruhige dich", sagte Thomas mit wenig Erfolg.

Andreas lief wie ein aufgescheuchtes Huhn im Garten hin und her: „Ich mache mir Sorgen, kann kaum an etwas anderes denken…"

„Andreas!"

„Laß ihn, Thomas!" Nicole legte ihre Hand auf Thomas Knie: „Er beruhigt sich schon wieder. Viel wichtiger ist doch, daß es Susanne gut geht."

Thomas nickte.

„Sie hat mir die Adresse gegeben und wir sollen sie morgen Vormittag alle zusammen abholen hat sie gesagt." Nach einer kurzen Pause wiederholte sie: „Wir alle zusammen, hast du gehört, Andreas? Andreas!"

„Ja, ja, habe es gehört", brummte er, ohne in seinen

Rundgängen innezuhalten.

„Hast du es auch verstanden?" Nicole sah ihn durchdringend an.

In diesem Moment öffnete sich das eiserne Tor und Don Alfredo betrat den Garten:

„Ah, die jungen Herrschaften, wie geht es ihnen?"

„Sehr gut, danke", sagte Nicole. „Auch Susanne geht es gut."

Don Alfredo wirkte zu Nicoles Überraschung nicht sehr überrascht. „Das ist schön", sagte er nur und ging dann auf die Haustür zu. Als er sie erreicht hatte, drehte er sich kurz um: „Wollen die Señoras y Señoritas mir und meinen Kindern morgen Abend die Ehre geben und mit uns speisen?"

Nicole antwortete, ohne zu Andreas oder Thomas zu sehen: „Sehr gerne, Don Alfredo, es wird uns eine sehr große Ehre sein."

„Dann bis morgen, und Grüße an Señorita Susanne. Buenas noches!" Dann verschwand er im Innern des weitläufigen Gebäudes.

„Woher wußte er es?" Nicole setzte sich wieder und versenkte ihren Kopf nachdenklich zwischen den Knien, die sie angezogen hatte und mit ihren Händen umfasst hielt.

„Was wußte er?" wollte Thomas wissen.

„Na, das mit Susanne."

„Du hast es ihm doch gesagt."

„Ja, schon, aber seine Reaktion."

„Deine Fantasie geht mit dir durch. Du interpretierst da wieder irgendetwas rein, was gar nicht ist!"

„Wieso hat er uns dann alle vier für morgen eingeladen?"

„Ja, das ist wirklich merkwürdig!" Andreas war stehengeblieben: „Anna hat gesagt, daß Don Alfredo das Haus nach dem Mittagessen verlassen hat."

„Und wieso sollen wir Susanne Grüße bestellen?" ergänzte Nicole.

„Schon gut. Es ist vielleicht doch ein bißchen merkwürdig", sagte Thomas, „aber wir können heute nicht mehr viel tun, außer die Augen und Ohren offen zu halten." Er schaute auf das eiserne Tor: „Hoffen wir, daß wir Susanne morgen wirklich unbeschadet vorfinden und sie nicht verschwunden bleibt wie Pablito."

„Ach, das hatte ich ja ganz vergessen!" Andreas Stimme klang entsetzt. Die beiden anderen widmeten ihm ihre volle Aufmerksamkeit. „Pablito ist nicht mehr verschwunden!"

„Wie?" kam es aus zwei Kehlen gleichzeitig, „hast du ihn etwa gefunden?"

„Nicht direkt ich, aber: ja."

Jetzt starrten ihn Nicole und Thomas an. „Nun erzähl schon oder müssen wir dich auf Knien bitten!" sagte Thomas.

„Das ist eine phantastische Idee!" Andreas deutete mit seinem gesunden Arm auf den Boden vor seinen Füßen.

„Andreas…"

„Schon gut, Thomas, schon gut. Also, als ich, von meinen Freunden verlassen…"

„Laß die Theatralik und komm zum Wesentlichen!" sagte Thomas.

„Er liegt in dem Krankenhaus."

„Und weiter?" Thomas sah ihn fragend an.

„Weiter! Du weißt auch nicht, was du willst: Das war das Wesentliche!"

Thomas vergrub sein Gesicht in beiden Händen: „Warum?" sagte er nur.

„Bleib ganz ruhig", sagte Nicole zu Thomas und dann an Andreas gewandt: „Gut, es ist deine Geschichte.

Erzähle alles der Reihe nach, aber erzähle."

Und Andreas erzählte der Reihe nach. Nach vielen unendlichen Minuten kam er schließlich zu dem Punkt, der Pablito betraf. Davor hatte er ausgiebig über sein Wiedersehen mit seiner mütterlichen Freundin Hilde und ihrem phantastischen Ortwin erzählt. Besonders ausgiebig beschrieb er das opulente Mahl, das sie im „Picada" gehabt hatten. Nicole und Thomas wußten, daß er die Situation auskostete und sich damit für die Schmach vom Nachmittag rächte. Sie ließen es über sich ergehen und ihr Interesse erwachte erst wirklich wieder, als er auf Pablito zu sprechen kam:

„Hilde und Ortwin haben ihn gefunden. Er wurde von einem Auto angefahren und einfach liegengelassen. Sie haben ihn ins Krankenhaus begleitet und die Kosten für seine Behandlung übernommen. Er ist seitdem wie ein Enkel für sie. Sie besuchen ihn täglich. Es geht ihm schon besser. Ja, ich war bei ihm", bekräftigte Andreas, als er die Blicke von Nicole und Thomas gesehen hatte. „Er hat mich auch erkannt, aber Teile seines Gesichtes sind noch verbunden. Der Arzt meinte, daß es noch eine ganze Weile dauern wird, bis er das Krankenhaus verlassen kann. Sprechen kann er noch nicht, weil sein Kiefer in Mitleidenschaft gezogen wurde."

„Dann wissen wir nicht, wie es ihm vorher ergangen ist", bedauerte Thomas.

„Aber, wir wissen jetzt, warum er verschwunden ist", bemerkte Nicole, „und, daß Don Alfredo mit seinem Verschwinden wohl nichts zu tun hat. Das sind immerhin positive Nachrichten. Vielleicht haben wir ja morgen noch Zeit, um zu ihm zu gehen." Nicole lächelte zufrieden. „Wollen wir jetzt noch ein bißchen bummeln gehen und eine Kleinigkeit essen?" Sie schaute Thomas liebevoll an.

„Na klar", rief Andreas, „das haben wir uns verdient!"

„An dich dachte ich da weniger", sagte Nicole schnippisch, „du kannst eigentlich doch gar keinen Appetit mehr haben, nachdem was du angeblich alles in dich hineingestopft hast heute."

„Aber..."

„Kein Aber", sagte Thomas im Aufstehen. Dann ging er an den beiden vorbei und öffnete das eiserne Tor: „Bitte, Señorita Nicole, wenn sie mir die Ehre ihrer Begleitung erweisen würden?"

„Sehr gerne, Señor Thomas!"

„Gute Nacht, Señor Andreas!" sagte Thomas.

„Und süße Träume", hauchte Nicole mit einem Augenzwinkern.

„Danke, sehr freundlich", grummelte Andreas in seinen nicht vorhandenen Bart und sah den beiden nach.

# Freitag, 17. April

„Und Conchita, sie ist so nfach mitgngn?" Andreas hatte fast das ganze Brötchen auf einmal in seinen Mund gestopft.

„Man merkt gar nicht, daß Susanne nicht da ist", sagte Thomas spitz, „du ersetzt sie voll und ganz!"

„Danke, daß du mich daran erinnerst", sagte Andreas missmutig, nachdem er seinen Mund mit Hilfe des Inhalts einer Kaffeetasse wieder geleert hatte.

„Ist doch wahr!" beharrte Thomas.

„Ich meine, sie ist so einfach eingestiegen?"

„Ja, wie zu einem Ausflug mit guten Freunden!"

„Unheimlich!" Andreas verzog sein Gesicht: „Wahrscheinlich haben die Drogen eingesetzt! Bestimmt, so muß es sein!" Er kaute zufrieden weiter an seinem Brötchen.

„Bleib auf dem Teppich, Andreas. Es muß eine andere Erklärung geben. Nicole wird sie uns bald bringen, hoffe ich."

„Nicole?" Andreas sah sich um: Richtig, sie war gar nicht am Frühstückstisch. Wie hatte ihm das nicht auffallen können? „Susanne!" dachte er, „diese dumme Susanne, sie macht mich ganz wirr im Kopf!"

„Ja, Nicole. Sie wollte heute früh zu Carlos und mit ihm reden. Er weiß bestimmt mehr, als wir. Vielleicht kann er uns sagen, in was für einem Verhältnis Conchita zu Francesco steht."

„Richtig, Francesco", Andreas schaute Thomas an, „was hat der dann gemacht?"

„Das war auch merkwürdig: Er stand noch ziemlich lange vor dem Haus und hat dem Wagen nachgesehen, bis er verschwunden war. Dann hat er sich einen seiner

Zigarillos angezündet, ihn ganz genüsslich geraucht und anschließend ist er für bestimmt eine halbe Stunde im Haus verschwunden."

„Was hat er da drin gemacht?"

„Das konnten wir nicht sehen, Andreas! Du erinnerst dich, wir waren gut zwanzig Meter entfernt."

„Ach ja, natürlich."

„Als er wieder herausgekommen ist, hatte er einen Bilderrahmen in der Hand, den er betrachtete. Dabei hat er gelächelt."

„Gelächelt?" Andreas fand das alles nicht besonders ergiebig, „hat er sonst nichts mitgenommen?"

„Jedenfalls nichts, daß man sehen konnte."

„Und dann?"

„Dann hat er die Haustür verschlossen und ist an uns vorbei die Straße runter."

„Seid ihr ihm gefolgt?"

„Zuerst ja. Aber im Tal hat er sich ein Taxi genommen und das war´s dann."

„Das ist dumm", sagte Andreas kauend, „wir wissen also eigentlich nichts außer, daß Conchita und die Kinder abgeholt wurden und dieser Francesco wieder seine Hände im Spiel hatte." Andreas Augen leuchteten plötzlich: „Ich hab´s!" rief er begeistert.

„Was hast du?"

„Ich weiß, was abgelaufen ist!"

„Na, da bin ich aber gespannt, Sherlock Holmes!"

„Mach dich nur lustig, das wird dir gleich leid tun, Doktor Watson."

„Da bin ich mir noch nicht so sicher", sagte Thomas und lehnte sich zurück.

„Also", begann Andreas, seine Theorie zu entwickeln: „Conchita und ihre Familie wurden, wie ich schon gesagt hatte, unter Drogen gesetzt."

„Richtig", warf Thomas wenig überzeugt ein, „das

hattest du schon gesagt."

„Dann hat man sie abgeholt und an verschiedene Orte gebracht. Dort werden sie jetzt als Geiseln gehalten, um Carlos zum Schweigen zu bringen", Andreas Stimme überschlug sich fast vor Eifer, „deshalb hat man auch die beiden älteren Kinder von der Mutter getrennt, das verstärkt den Druck auf Carlos und auch auf Conchita, die keinen Fluchtversuch unternehmen kann, weil sie sonst um das Leben ihrer anderen Kinder fürchten muß. Man, ist das geschickt ausgedacht. Ist schon ein Schlitzohr, dieser Francesco!" Andreas lehnte sich zufrieden zurück.

„Das ganze hat nur einen kleinen Schönheitsfehler", sagte Thomas trocken.

„Welchen?"

„Wir haben keinerlei Beweise dafür, daß es wirklich so gewesen ist, wie du es dir in deiner blühenden Phantasie ausmalst – und, alles, was wir gesehen haben, spricht gegen deine Entführungstheorie!"

„Spricht dagegen! Phantasie! Na hör mal, das ist dem logisch, wissenschaftlich denkenden Gehirn eines Genies entsprungen!"

„Entschuldige", Thomas schaute Andreas an: „das wußte ich nicht, ich dachte, DU hast es dir ausgedacht!"

Andreas wollte gerade etwas entgegnen, als sich die Tür öffnete und Nicole den Raum betrat.

Thomas stand auf und ging ihr entgegen: „Was ist, du schaust so deprimiert?"

„Entschuldige, das hat nichts mit dir zu tun, aber…"

„Komm, setz dich erstmal."

„Danke."

„Hallo, Nicole!"

„Hei, Andreas!"

„Hier, trink einen Schluck", sagte Thomas und reichte ihr eine mit Kaffee gefüllte Tasse, „und dann erzähle!"

„Also", sagte Nicole, nachdem sie kurz an der Tasse genippt hatte, „ich bin ganz früh runter und wollte zu Carlos, wie besprochen. Als ich den Gang zu dem Zimmer lang bin, da stand ein Stuhl vor der Tür und darauf saß ein Mann mit einer…", sie machte eine kurze Pause, „Maschinenpistole."

Andreas und Thomas starrten sie an: „Mit einer Maschinenpistole?"

„Ja. Und er sah nicht so aus, als wenn er Besuche bei Carlos zulassen würde. Ich bin also wieder zurück auf mein Zimmer und eben habe ich es noch einmal versucht." Sie machte erneut eine Pause. „Der Mann und der Stuhl waren weg."

„Merkwürdig, oder?" schmatzte Andreas.

„Konntest du mit Carlos reden?" wollte Thomas wissen.

„Nein, konnte ich nicht", sagte Nicole enttäuscht, „als ich die Tür fast erreicht hatte, kam Anna aus dem Nachbarraum. Sie hat mir gesagt, daß Carlos im Moment keinen Besuch empfangen kann, weil der Doktor noch bei ihm ist. Ich solle doch am Nachmittag nochmal kommen."

„Glaubst du das mit dem Arzt?"

„Nein. Ich konnte einen Blick durch das kleine Fenster werfen: Carlos war alleine im Zimmer."

„Was soll das alles?" überlegte Thomas: „Nachts sitzt eine bewaffnete Wache vor der Tür und am Tage versucht man mit allen Tricks, Besuche bei Carlos zu verhindern."

„Jedenfalls", sagte Nicole resigniert, „ist es im Moment unmöglich für uns, mit ihm zu reden."

„Wir werden schon einen Weg finden, Nicole", sagte Thomas und legte zur Bekräftigung seine Hand um ihre Schulter.

„Ja, werden wir", sagte sie und genoss seine Wärme

und Nähe.

„Gut, das ist also geklärt", hörte man Andreas, „und nun, hopp, hopp, ihr Turteltäubchen: Frühstück!" Die beiden sahen Andreas fragend an. „Ja, wir haben noch was Wichtiges vor: Susanne? Ihr erinnert euch? Sie wartet bestimmt schon ungeduldig!"

„Und vor allem ganz bestimmt auf dich!" Thomas grinste.

„Natürlich, auf wen denn sonst!"

„Ich vergaß", Thomas schnitt eine Grimasse, „du verzehrst dich nach ihr und sie kann ohne dich ja nicht leben!"

„Warte nur ab!" Andreas verschränkte seinen gesunden Arm vor seiner Brust und blickte seinen Freund trotzig an.

„Gut, dann wollen wir zu Ende frühstücken, damit Romeo endlich zu seiner Julia kann!"

Beide lachten und Andreas, der so tat, als wenn er die letzte Bemerkung nicht gehört hätte, nahm den Brötchenkorb und hielt ihn den beiden hin: „Noch ein Brötchen, meine lieben Freunde?"


„**W**as soll das heißen: Er ist nicht zu finden?" Zornesröte stieg in das Gesicht von Don Martinez. Franco zuckte zusammen. „Er kann doch nicht einfach `weg´ sein! Und Pablo, was ist mit dem?" Franco wurde noch kleiner und stammelte unverständliche Worte vor sich hin. „Reiß dich zusammen. Du bist ja schlimmer als ein Weib!"

Franco schluckte und wäre am liebsten im Boden versunken. Nachdem Don Martinez Zweifel an Josés Loyalität geäußert hatte und Bernardo sich verabschiedet hatte, war er in die erste Reihe aufgerückt. Er hatte sich große Hoffnungen gemacht, einmal Josés Position einzunehmen. Das schien nun in weite Ferne gerückt zu sein. Er mußte sich einfach am Riemen reißen, wenn er nicht wie viele seiner Vorgänger enden wollte.

„Don Martinez", er unternahm einen kläglichen Versuch, seinem Körper Haltung zu verleihen, „wir haben alle uns bekannten Stellen aufgesucht. Auch Pablo ist wie vom Erdboden verschwunden."

Der Griff des Stockes aus Ebenholz, der erstaunlich dem von Don Francesco glich, knallte auf den Schreibtisch. „Raus! Alle!" sagte Don Martinez in einem kalten, bestimmenden Ton, der keine Widerrede duldete. Franco verbeugte sich tief, was seinen Herrn nur zu einer abwertenden Handbewegung veranlasste. Als alle den Raum verlassen hatten, verließ Don Martinez seinen Platz am Schreibtisch und ging hinüber zum Fenster. Seine Augen blickten hinaus in den weitläufigen Garten, aber sie nahmen ihn nicht wahr. Seine Gedanken wirbelten wild durch seinen Kopf: Er mußte José finden, er mußte wissen, was im Sternenhaus geschehen war. Gewiß, er hatte seine Vermutungen, aber er mußte sich seiner Sache ganz sicher sein. Und, was war mit dem, was ihm Francesco berichtet hatte: konnte er ihm trauen? Er war mächtig, sehr mächtig. Aber, war er mächtig genug, einen Kampf mit seinen beiden alten Freunden zu beginnen, den er gewinnen konnte? Er kannte Francesco ein Leben lang und was auch immer zwischen den beiden gewesen war, er hatte ihn doch nie belogen. Don Martinez hatte keine andere Wahl, er mußte seinem altem Freund und bestem Feind vertrauen.

„Franco!" Die Stimme von Don Martinez donnerte durch den Raum.

Keine zwei Sekunden später wurde die Tür

aufgerissen und Franco stand zitternd vor seinem Herrn: „Don Martinez?"

„Geh zu Don Francesco und sage ihm, daß ich ihn sprechen muß. Es ist wichtig."

„Wie Sie wünschen, Don Martinez!" Franco verbeugte sich und wollte den Raum verlassen.

„Sag´ ihm, ich bin einverstanden!" Don Martinez sah Francos fragenden Blick: „Er wird wissen, was ich meine. Geh jetzt."

Franco verließ den Raum. Don Martinez ging zu seinem Schreibtisch, nahm das Foto, das die drei Männer zeigte und sah es lange an. Dann sagte er: „Warum?" stellte es zurück und verließ den Raum durch die Seitentür.


Nicole, Thomas und Andreas waren seit geraumer Zeit unterwegs durch kleine und noch kleinere Straßen eines weiteren Vorortviertels dieser riesigen Stadt.

„Hier, hier muß es sein!" rief Andreas zum wiederholten Male. Seine Nervosität war unübersehbar.

„Ja", sagte Thomas gleichgültig, „das hast du nun schon hundert Mal gesagt!"

Nicole lächelte. Sie konnte Andreas verstehen: Ihr ginge es nicht anders, wenn sie an seiner und Thomas an Susannes Stelle gewesen wäre.

„Diesmal ganz sicher!" Andreas stürmte auf den nächsten Passanten zu, den er erblickte. Es handelte sich um eine ältere Frau, die mit einem kleinen Korb die Straße entlangkam. „Wohnt hier in der Straße ein Señor Antonio?" fragte er sie ohne daran zu denken, daß die Wahrscheinlichkeit, daß sie der deutschen Sprache mächtig war, sehr gering war.

Die alte Dame blieb erschrocken stehen, zog ihren

Korb mit beiden Armen vor die Brust und rief nur: „No, no, Señor! No dinero!"

„Nicht Dinero, Antonio!" sagte Andreas und ging noch näher an die alte Frau heran.

Deren Gesichtsausdruck zeigte blankes Entsetzen und sie rief: „Socorro! Asalto!" Dabei wich sie bis an die Hauswand hinter ihr zurück.

Andreas war verwirrt und verstand nicht, warum die Frau so merkwürdig reagierte. Er schaute hilflos zu Nicole und Thomas: „Was hat sie?"

„Sie hat Angst vor dir!" sagte Nicole und konnte sich ein Grinsen nicht verkneifen, „wenn du nicht ein Stück zurückgehst, haben wir gleich die Polizei oder die Nachbarn hier!"

Andreas wich erschrocken zurück und hob beschwichtigend seinen gesunden Arm.

Währenddessen war Nicole zu der Frau gegangen und hatte ihr erklärt, was der „Räuber" wirklich von ihr wollte. Sie wirkte sehr erleichtert, ging auf Andreas zu und reichte ihm die Hand. Dann redete sie auf Spanisch auf ihn ein.

„Was will sie jetzt?" wollte er wissen.

„Sie entschuldigt sich bei dir und sie kennt hier keinen Antonio."

Enttäuschung spiegelte sich auf Andreas Gesicht wieder.

„Aber vielleicht kennt ja jemand von den anderen Leuten ihn", sagte Nicole und wies auf die umliegenden Häuser, an deren Fenstern fast überall neugierige Gesichter zu sehen waren. Andreas hätte im Boden versinken können.

„Mach dir nichts draus", sagte Thomas und klopfte seinem Freund auf die Schulter, „es gibt eben immer Menschen, die unbedingt im Mittelpunkt stehen wollen."

Ein gehobener Zeigefinger war die Antwort.

„Wenn ich Euch kurz unterbrechen darf?" Nicole stand hinter den beiden und schaute von einem zum anderen.

„Ja?" Andreas wirkte noch immer gereizt.

„Ich weiß, wo Antonio wohnt, falls es noch jemanden interessiert." Beide nickten. „Dann folgt mir unauffällig." Beide taten es, ohne ein weiteres Wort zu sagen.

Etwa 100 Meter weiter bog Nicole in eine Querstraße ein, die noch schmaler war, als die schon schmale Straße, auf der sie sich befunden hatten. Vor einem gelblich getünchten Haus, das zwei Stockwerke hatte, blieb sie stehen:

„Hier ist es!"

„Das da?" Andreas zeigte ungläubig auf das Gebäude, „das hatte ich mir aber ganz anders vorgestellt."

„Ich auch", mußte Thomas zugeben.

„Ja", bekräftigte Andreas, „viel größer und, eben größer."

Nicole hatte inzwischen die Tür nach einer Klingel abgesucht: „Nichts!"

„Susanne?" rief Andreas, „Susanne, wir sind da!" Einen Moment später öffnete sich tatsächlich die Haustür und eine ältere Frau begrüßte sie freundlich.

„Sie ist Antonios Mutter", sagte Nicole, „die beiden sind unterwegs, aber wir sollen hier auf sie warten."

„Das auch noch!" sagte Andreas unwirsch.

Die Frau bedeutete ihnen, ins Innere des Hauses einzutreten.

„Nun kommt schon! Es gehört sich so", sagte Nicole ungewöhnlich scharf. Sie dankte der Señora für die Einladung und nacheinander betraten sie das Haus.

An den kleinen Flur, von dem aus eine schmale Treppe in die oberen Etagen führte, schloß sich ein größerer Raum an, der als Wohnzimmer zu dienen schien. Die Ausstattung war einfach, wirkte aber in keiner Weise ärmlich. Am hinteren Ende des Raumes befand sich eine geöffnete Flügeltür, die in einen kleinen Garten führte. Die drei nahmen dort an einem Tisch Platz und Antonios Mutter brachte Gebäck und kalte Getränke. Danach entschuldigte sie sich tausendmal, daß sie die drei sich selbst überlassen mußte, aber sie hatte noch Einiges im Haus zu tun.

„Was haltet ihr davon?" wollte Andreas wissen, nachdem Señora Garcia im Haus verschwunden war.

„Wovon?" Nicole sah Andreas an und nahm einen kräftigen Schluck von ihrer Limonade: „ist köstlich erfrischend!"

„Na, daß die beiden angeblich unterwegs sind! Wer weiß, was wirklich passiert ist." Er setzte sein Glas ruckartig ab: „Vielleicht ist das vergiftet oder man hat ein Schlafmittel reingetan!"

„Allmählich siehst du wirklich Gespenster!" sagte Nicole und nahm demonstrativ einen weiteren großen Schluck aus ihrem Glas.

„Das glaube ich allerdings auch, Andreas! Warum sollen sie nicht unterwegs sein? Es ist ein herrlicher Tag und es gibt viel zu sehen hier in der Stadt!"

„Meint ihr wirklich?"

Nicole stellte ihr Glas ab: „Machst du dir wirklich Sorgen um Susanne oder bist du nur eifersüchtig?"

Einmal mehr rötete sich das Gesicht von Andreas: „Ich mache mir Sorgen, was denn sonst!"

„Dann ist ja alles in Ordnung", sagte Thomas und zwinkerte Nicole zu, „vielleicht hat Susanne uns ja interessante Neuigkeiten zu berichten in Bezug auf ihr Verhältnis zu Antonio."

„Ja, natürlich!" strahlte Nicole, „so eine Hochzeit hier soll ein tolles Erlebnis sein! Das hätte ich schon gerne einmal miterlebt."

„Macht euch nur lustig über mich. Ihr werdet schon sehen, was ihr davon habt!" Andreas stand auf und verließ beleidigt seinen Platz.

„Das hat gesessen!" sagte Nicole, nachdem er im Wohnzimmer verschwunden war.

„Er hat es verdient", sagte Thomas ruhig, „in ein paar Stunden hat er es schon wieder vergessen. Ich kenne ihn."

„Na, hoffentlich irrst du dich da nicht!"

„Das gibt´s doch nicht!" Andreas Stimme drang aus dem Innern zu Nicole und Thomas und einen Moment später kam er auf die Terrasse gestürmt. In seinen Händen hielt er einen Bilderrahmen: „Da! Schaut euch das an!" Er hielt den beiden den Rahmen hin.

Nicole nahm ihn und wirkte genauso überrascht wie Andreas: „Nicht zu fassen!"

„Was ist denn da so Außergewöhnliches zu sehen?" Thomas nahm Nicole den Rahmen aus der Hand: „Na, da bin ich aber platt!"

Alle drei starrten auf das Foto in dem Rahmen: Es zeigte Antonio in einer Polizeiuniform.

„Damit scheidet Entführung wohl aus", sagte Nicole nach einer längeren Pause.

„Und vergiftet sollen wir wohl auch nicht werden, denke ich!" Thomas warf Andreas einen alles sagenden Blick zu.

„Nun ja, ich gebe zu, meine Theorie hat etwas an Überzeugungskraft  verloren, aber…"

„Gib´ schon zu, daß du auf dem Holzweg warst!" Thomas sah Andreas aufmunternd an.

„Gut, ich habe mich wohl doch geirrt, aber ihr wart auch nicht ganz sicher, oder?"

Nicole und Thomas nickten zustimmend und alle drei wirkten irgendwie erleichtert.

„Na dann: Prost!" sagte Andreas und leerte sein Glas in einem Zug. Alle drei mussten lachen.

„Na, ihr scheint Euch ja prächtig zu amüsieren!"

„Susanne!" Nicole sprang auf und die beiden Freundinnen fielen sich um den Hals. „Du machst Sachen!"


Conchita stand vor einem kleinen Waschbecken über dem sich ein ebenso kleiner, fast blinder Spiegel befand. Sie versuchte, sich in ihm zu erkennen, was ihr scheinbar nicht gelang. Sie schüttelte ihren Kopf und ihre langen, schwarzen Haare flogen nach hinten. Ihre Hände glitten zärtlich über ihren gewölbten Bauch:

„Ja, du wirst es nicht einfach haben", sagte sie, „aber deine Eltern werden dich lieben und dir alles geben, was sie dir geben können!" Eine Träne rann über ihre Wange. „Deine Eltern!" wiederholte sie. „Vielleicht wirst du deinen Vater nie kennenlernen!"

Langsam ging sie zurück in den kleinen Raum neben dem Bad: ein Bett, ein Tischchen und ein alter Stuhl befanden sich darin. Auf dem Bett lag Cassiopeia und schien tief und fest zu schlafen. Conchita setzte sich vorsichtig zu ihrer Tochter. Ihre rechte Hand legte sich behutsam auf Cassiopeias Kopf und sie fuhr durch ihr dichtes, helles Haar.

„Schlafe sanft, meine Kleine", flüsterte sie und gab ihr einen zärtlichen Kuß.

Cassiopeia bewegte sich und öffnete die Augen: „Mama", sagte sie verschlafen und schlang ihre Arme um den Hals ihrer Mutter.

In dem Moment klopfte es an der Tür. Conchita zuckte zusammen. Sie preßte Cassiopeia an sich.

„Señora Conchita!" Die Stimme klang vertraut.

„Si", sagte Conchita.

„Señora Conchita, ich bin es, Paco, machen sie auf, bitte."

„Paco!" sagte sie und ihre Haltung entspannte sich. Er hatte sie gestern zu diesem Haus begleitet, das irgendwo in einer der Vorstädte lag und von Don Francesco als eine Art geheimes Versteck benutzt zu werden schien. Hier hatten sie die Nacht verbringen sollen um am nächsten Tag, sofern die Luft rein sei, von hier aus zu ihrem endgültigen neuen zu Hause gebracht zu werden. Conchita erhob sich: „Einen Moment, ich komme gleich!" Sie warf sich ein Tuch um die Schultern und ging zur Tür. Vorsichtig öffnete sie sie einen kleinen Spalt.

Paco verzog seinen schmalen Mund zu einer Art Lächeln, das seine fauligen Zähne freilegte. Er selber war ein kleiner, hagerer Mann um die 30 mit dünnem langem Haar, dessen Farbe zwischen einem schmutzigen Gelb und einem zu dunkel geratenem Braun lag. Er war gewiß kein schöner Mann im herkömmlichen Sinn, aber auf ihn war Verlass.

„Señora, wir müssen los, bitte", sagte er fast flehentlich.

„Wir kommen sofort, eine Minute, bitte", sagte Conchita und bat ihn herein.

Paco machte zwei Schritte vorwärts und blieb hinter der Tür stehen. Sein Blick wanderte kurz durch den Raum und kehrte dann wieder zur Tür zurück, die er wachsam im Auge behielt.

Conchita war zu Cassiopeia gegangen, die sich inzwischen aufgesetzt hatte und mit ihrer Lieblingspuppe spielte.

„Schau mal, Mama, Muneca hat ganz schlecht geschlafen, hat sie mir eben gesagt!" Cassiopeia drückte ihre Puppe liebevoll an sich: „Du brauchst dich nicht zu fürchten, ich bin ja hier und Mama auch. Alles wird wieder gut werden, bestimmt." Sie schaute zu ihrer Mutter: „bestimmt?"

„Bestimmt!" sagte Conchita und versuchte, ihrer Stimme einen überzeugenden Tonfall zu geben. „Cassiopeia?"

„Ja, Mama?"

„Wir müssen jetzt los, der nette Mann von gestern", sie zeigte zur Tür, „wartet schon auf uns."

„Ach so", sagte Cassiopeia kurz, „das ist doch Paco. Hallo Paco!"

„Hallo Engelchen!"

„Er sagt immer Engelchen zu mir!" erklärte Cassiopeia ihrer Mutter.

„Komm, Engelchen, wir müssen gehen!" sagte Paco und reichte ihr seine Hand, die Cassiopeia ohne Zögern nahm.

„Darf Muneca auch mit?" fragte sie ein wenig ängstlich.

„Natürlich!" sagte Paco und damit war alles Wichtige geklärt.

Cassiopeia ging mit Paco zur Treppe und dann hinunter zur Straße. „Komm, Mama, wir müssen los!" rief sie im Heruntergehen.

Conchita vergaß für einen Moment ihre Situation und freute sich, daß Cassiopeia das alles so gelassen hinnahm, ja, daß es ihr sogar auffallend gut zu gehen schien. „Ich komme", sagte sie und schloß die Tür hinter sich.


„...Und dann war da plötzlich Antonio und hat diesen Alptraum beendet", schloß Susanne ihren Bericht.

Alle hatten ihr interessiert zugehört und außer einigen

„Ahs!", „Ohs!" oder einem „Wirklich?" war nichts zu hören außer Susannes Stimme.

„Wo ist er eigentlich?" fragte Thomas.

„Wer?"

„Na, dein Ritter in goldener Rüstung!" sagte Andreas mit einem merkwürdigen Unterton.

„Antonio? Der kommt sofort. Er mußte noch schnell seiner Mutter helfen."

„Ach so." Enttäuschung lag in Andreas Stimme, der im Geheimen gehofft hatte, daß sein Rivale aus irgendwelchen wichtigen Gründen anderweitig gebunden war.

„Hola Señorita Nicole!"

„Wenn man vom Teufel spricht!"

„Pssst Andreas!" Thomas versetzte ihm einen leichten Stoß und Andreas schwieg widerwillig. Antonio hatte Nicole inzwischen begrüßt mit einem Küsschen auf die linke und einem auf die rechte Wange.

„Das reicht jetzt aber", entfuhr es Thomas.

„Aha, auf einmal!" hörte er Andreas neben sich sagen.

Thomas schwieg, weil er einsah, daß sein Freund recht hatte.

„Hola Senor Thomas y hola Senor Andreas!" Er begrüßte die beiden mit einem kräftigen Händedruck.

„Na, zum Glück hat er uns nicht auch abgeschlabbert!" flüsterte Andreas Thomas zu, der grinsen mußte.

„Folgt mir nach drinnen", sagte Antonio, „meine Mutter hat Essen bereitet für uns. Ihr seid unsere Gäste heute."

Thomas und Andreas sahen sich an und schauten dann hilflos zu Nicole, die nur mit den Schultern zuckte und dann „Gracias, Antonio", sagte.

Antonio ging voraus in den Innenraum und wies den

Gästen die Plätze an dem hölzernen Esszimmertisch zu. Nachdem alle Platz genommen hatten, betrat Antonios Mutter den Raum und brachte das Essen. Es gab Spaghetti Carbonara und dazu einen recht herben roten Wein.

„Bah, schrecklich, das Zeug!" Andreas, der neben Thomas saß, schüttelte sich.

„Lächle und runter damit", Thomas hielt sein gefülltes Glas in Richtung Antonio, „es gibt Schlimmeres!"

Antonio prostete Thomas und Andreas, der sein Glas nun ebenfalls in die Höhe hielt, zu: „Auf meine freundliche Geliebte, Susanne und ihre Geliebten!"

Nicole mußte sich die Hand vor den Mund halten, sonst hätte sie den Wein quer über den ganzen Tisch gespuckt. Andreas und Thomas sahen sich an, als glaubten sie nicht, was sie gehört hatten. Nur Susanne wirkte zufrieden und lächelte Antonio an.

„Habe ich das eben richtig verstanden?" Andreas sah Thomas an, der sich gerade den Mund mit Spaghettis vollstopfte.

„Kme Anug!"

„Was?"

„Hmm…" Thomas deutete auf seinen Mund.

„Verstehe, kau schneller!"

„Keine Ahnung", wiederholte Thomas, nachdem er seinen Mund wieder geleert hatte, „wahrscheinlich meinte er es nicht so." Thomas hatte das gesagt, um seinen Freund zu beruhigen, aber so ganz überzeugt von dem, was er da von sich gegeben hatte, war er nicht.

Das Essen zog sich wie Gummi dahin. Zumindest aus der Sicht von Andreas und Thomas. Susanne hingegen schien sich hervorragend zu unterhalten und Nicole wirkte ebenfalls nicht gelangweilt.

„Er ist so…" Andreas malte Figuren mit seiner Gabel

in die Luft.

„…Gut", ergänzte Thomas, „er ist einfach gut."
Thomas schaute Andreas an, der durch die Äußerung seines Freundes noch deprimierter zu werden schien:

„Ich dachte eher an etwas wie `glatt´ oder `schleimig´", sagte er enttäuscht.

„Oder auch so", murmelte Thomas und widmete sich wieder seinem Teller, auf dem er mit seiner Gabel Figuren in den Rest der Soße zeichnete.

„Wollen wir los?"

Die Frage von Susanne klang wie eine Erlösung in den Ohren von Andreas und auch Thomas wirkte merklich entspannter:

„Ja, klar. Wohin?"

„Antonio will uns noch ein paar Attraktionen in der Umgebung zeigen, die nicht in jedem Fremdenführer stehen."

„Toll, woher er das nun wieder wußte: Genau, was ich mir so vorgestellt habe für den Rest des Tages!"
Andreas Stimme klang eher wie die eines zum Tode Verurteilten, den man nach seinem letzten Wunsch gefragt hatte, als die eines jungen Touristen, der die Chance hatte, Seiten einer Stadt zu entdecken, die vor ihm nur Wenige Fremde zu Gesicht bekommen hatten.
„Gehen wir, damit uns auch wirklich genug Zeit bleibt!" sagte er und erhob sich von seinem Platz.

„Andreas, nimm dich zusammen, bitte!" flüsterte ihm Nicole von hinten in sein Ohr.


Doña Esmeralda nickte freundlich. Sie saß wie fast immer in dem Stuhl in dem kleinen Garten auf der kleinen Terrasse vor ihrem kleinen Haus. José lächelte sie an. Er lächelte sie immer an. Es konnte nichts schaden, freundlich zu ihr zu sein. Am Anfang hatte er sich etwas unwohl gefühlt in Pablos Wohnung, doch dieses Gefühl war sehr schnell verschwunden. Inzwischen hatte er seine alte Zuversicht wiedergefunden: Der jetzige Zustand würde nicht von langer Dauer sein. Genauer gesagt, würde er dieses Domizil schon sehr bald wieder verlassen und in das Haus von Don Martinez zurückkehren. Seine Leute hatten herausgefunden, daß er von ihm fieberhaft gesucht wurde. Sie hatten aber auch herausgefunden, daß sich Don Martinez nicht sicher war, was die Rolle von José bei der Sache im Sternenhaus betraf. Das wollte er zu seinen Gunsten ausnutzen, um sich endgültig das Vertrauen des Don zurückzuholen.

Er hatte den Vormittag genutzt, um einige alte Kontakte aufzuwärmen. Viele gierige Hände gab es in der Stadt, die nur allzu gerne ein Stück von dem Kuchen abhaben wollten, den Don Martinez sein Eigen nannte. Es war ein sehr großer Kuchen und er war nicht mehr der Jüngste. Irgendwann mußte er die Führung seines Imperiums aus den Händen geben. José hatte angedeutet, daß es ihm gelingen könnte, ihn zu beerben und, daß er sich entsprechend erkenntlich gegenüber denen zeigen würde, die ihm dabei nicht in die Quere gekommen wären. Die Meisten hatten zu viel Angst, um José offen zu unterstützen, aber Einige zeigten recht deutlich, daß sie zumindest nichts gegen ihn unternehmen würden. Die Karten waren gemischt und er mußte schnell handeln. Sobald Velasquez mit der Antwort von Don Pepe zurück war, der ein großes Territorium im Südwesten unter seiner Kontrolle hatte, wollte er den Zeitpunkt festlegen. Don Pepe war nicht gerade ein Freund von Don Martinez, im Gegenteil. José war sehr zuversichtlich, was die Antwort von Don Pepe betraf. Nach menschlichem Ermessen konnte sie nur in seinem Sinne ausfallen.

„Wenn nur Velasquez endlich zurück wäre", dachte er. „Silvio!" Josés Stimme verlor sich in dem Raum.

„Ja, Señor José", klang es müde aus einer Ecke.

„Geh und hol uns was zu trinken. Meine Kehle ist trocken!"

„Si, Señor", sagte Silvio und verließ den Raum.

José stand am Fenster und sah, wie Silvio langsam die staubige Straße überquerte um dann in der Bar schräg gegenüber zu verschwinden. Einige Augenblicke später tauchte er mit einer großen Papiertüte im Arm wieder auf.

„Wo Velasquez nur bleibt?" fragte sich José und das ungute Gefühl, das er in den letzten Tagen sooft gehabt hatte, kehrte in ihn zurück. Ungeduldig wartete er auf Silvio, der sicher noch ein Pläuschchen mit Doña Esmeralda gehalten hatte und dessen schwere Schritte er jetzt heraufkommen hörte. Endlich öffnete sich die Tür. José schnippte mit den Fingern: „Schenk´ ein, Silvio", sagte er und starrte dabei weiter auf die Straße vor dem Haus.


„**W**asser!" Andreas Stimme glich dem Krächzen einer heiseren Krähe. Er lag mit dem Kopf nach unten im Sand, die Arme nach vorne ausgestreckt, als wenn sie etwas zu erreichen versuchten, das in unerreichbarer Ferne vor ihm lag. Sein Kopf sackte nach unten und sein Mund füllte sich mit dem heißen, trockenen Wüstensand. Seine letzte Stunde hatte geschlagen.

„Andreas!" drang es wie aus einer anderen Welt an sein Ohr. Er genoss diesen angenehmen Klang, der ihm Hoffnung gab. Und da war dieses Gefühl einer sanften Umarmung, die ihn ganz langsam aus dem

Sand zurück an die Oberfläche zog. Er zwang sich mit aller verbliebenen Kraft, seine Augen zu öffnen und er sah: Thomas!

„Na, geht´s dir besser?"

„Wie?" Andreas machte erst gar nicht den Versuch, seine Verwirrung zu verbergen.

„Wir wollen weiter. Alle warten auf dich."

„Weiter, wohin weiter?"

„Laß ihn, Thomas", meldete sich Susanne zu Wort, „in seinem fortgeschrittenen Alter sind solche Ermüdungserscheinungen nichts Außergewöhnliches!" Damit drehte sie sich um, hakte sich bei Antonio ein und ging mit ihm die Straße hinunter.

Nicole folgte den beiden langsam und zwinkerte im Gehen Andreas zu: „Nun komm schon, so wirst du es nie schaffen."

Thomas reichte Andreas seine Hand, um ihm vom Bordstein aufzuhelfen.

„Was schaffen? Und, was ist eigentlich passiert?" sagte er und ließ sich von Thomas auf die Beine helfen.

Thomas legte Andreas den Arm auf die Schulter und schob ihn behutsam in die Richtung, in der die anderen verschwunden waren. „Also, wir haben hier eine kleine Pause gemacht, wollten etwas Trinken und sind in die Bar hinter uns."

Andreas war anzusehen, daß sein Gehirn fieberhaft arbeitete, um den Worten von Thomas eigene Bilder hinzuzufügen.

„Ja", Thomas lächelte, „wir sind also alle rein. Du wolltest draußen bleiben und…" Thomas machte eine Pause.

„Und?" wollte Andreas wissen.

„Und als wir wieder rauskamen, hast du da unten am Bordstein gesessen und geschlafen!"

„Nein!"

„Ja, wie ein Toter."

„Und Susanne?"

„Na ja, viele Pluspunkte hast du damit nicht bei ihr gesammelt, glaube ich."

Andreas schwieg und seine Erinnerung kehrte langsam wieder zurück: Antonio und seine Stadtführung, seine ganz spezielle Stadtführung! Er wollte ihnen Ecken der Stadt zeigen, die vor ihnen nur wenige Touristen gesehen hatten. Und er hatte ihnen Ecken der Stadt gezeigt, die vor ihnen wahrscheinlich noch nie irgendjemand gesehen hatte, jedenfalls nicht an einem halben Tag. Susanne war total begeistert; er hatte nichts Besseres zu tun, als seine bissigen Kommentare abzugeben und sie damit nur noch mehr zu verärgern. Er mochte sie sehr, und er tat alles, sie vom Gegenteil zu überzeugen.

„Gleich haben wir sie eingeholt", sagte Thomas, „gib´ dir ein bißchen mehr Mühe und lächle wenigstens." Andreas verzog seine Mundwinkel zu einer Art Grimasse, die Thomas lächeln ließ. „Kopf hoch, auch der schönste Tag geht mal zu Ende!"

„Da seid ihr ja!" Nicole kam strahlend auf Thomas zu und umarmte ihn.

„Wenigstens einer", dachte Andreas und überließ die beiden ihrem Glück.


„Schau, Mama, da!" Cassiopeia wedelte aufgeregt mit den Armen und deutete auf irgendetwas, das sich am Straßenrand befand. Sie hatte ihr Gesicht fest an die Scheibe der Autotür gepreßt und ihre Augen waren weit geöffnet: Was es da alles zu sehen gab! Da waren große Häuser mit wunderschönen Fassaden und Geschäfte, die riesige Schaufenster besaßen, in denen die phantastischsten Dinge ausgestellt waren. „Da!" rief sie, „was ist das? Und da! Mama, sieh doch!" Ihre Stimme überschlug sich fast. Es war unmöglich für Conchita zu erfassen, was ihre kleine Tochter ihr zeigen wollte. „Hier! Hast du das gesehen, Mama!" gluckste Cassiopeia und Conchita befürchtete, daß die Scheibe irgendwann einfach mit einem lauten Knall herausfallen würde.

„Cassiopeia", versuchte sie, ihre Tochter zu beruhigen, „setz dich doch wieder richtig hin, du kannst doch trotzdem alles sehen!"

„Aber Mama…", sie drehte kurz ihren Kopf und gleich danach sah Conchita ein, daß sie einen Fehler begangen hatte: Cassiopeia hatte entdeckt, daß es auch auf der anderen Seite ein Fenster gab und man dort drüben ja noch viel interessantere Dinge entdecken konnte. Jetzt kroch sie abwechselnd von der einen zur anderen Seite und ihre Mutter hatte alle Hände voll zu tun, sie einigermaßen daran zu hindern, vom Sitz zu rutschen oder gegen eine der Scheiben zu knallen.

Der Fahrstil von Paco ließ sich mit europäischen Maßstäben nur schwer messen. Trotzdem lenkte er den Wagen sicher durch den Straßendschungel der Stadt. Um nicht zu riskieren, von der Polizei angehalten zu werden und unnötige Fragen beantworten zu müssen, fuhr er sogar sehr zivilisiert für seine Verhältnisse. Conchita fühlte sich sicher im Moment und hoffte nur, daß sie ihr Ziel in absehbarer Zeit erreichten oder Cassiopeia von einer plötzlichen Müdigkeit überrascht wurde.

Beide Hoffnungen erwiesen sich als vergebens: Die Minuten vergingen und nach zwei weiteren Stunden, hatte sich nichts geändert. Ihre Tochter hüpfte nach wie vor von einer Seite des Wagens zur anderen und ihre Augen hätten ihre Höhlen längst verlassen, wenn sie nicht in ihnen festgewachsen wären. Conchita hatte ihre Proteste aufgegeben: Es war das erste Mal, daß Cassiopeia weiter von zu Hause weg war, als bei ihrem Onkel. Nie zuvor hatte sie richtige Häuser aus der Nähe gesehen. Autos waren eine Seltenheit in dem Viertel; Geschäfte mit Schaufenstern gab es keine. Sie war im Innern zufrieden, daß ihre Tochter das Ganze so positiv aufzunehmen schien.

Für sie selber war das alles wie die Rückkehr in eine ferne Vergangenheit, in eine glückliche Kindheit. Sie erinnerte sich wieder an ihre Jahre im Sternenhaus. An ihre Eltern, ihre Tante, den großen Garten und die endlose Weite dahinter. Wie oft waren sie in den teuersten und besten Geschäften und hatten Spielzeug und Kleidung für sie und ihre Geschwister gekauft. Ihre Eltern hatten nicht einen eigenen Wagen, sie hatten für jeden Anlass den richtigen. Die Stimme von Cassiopeia verblasste langsam und drang nur noch wie durch einen Schleier zu Conchita, die sanft und zufrieden eingeschlafen war.

„Ein Glück, daß wir heute zum Essen bei Don Alfredo eingeladen sind!" sagte Andreas auf dem Weg zum Speiseraum, „wer weiß, was wir heute sonst noch alles hätten sehen dürfen!"

Thomas grinste ihn an. Innerlich mußte er ihm zustimmen. Trotzdem sagte er: „Nimm dich zusammen jetzt und kein Wort davon beim Essen!"

„Aber…" protestierte Andreas.

„Versprochen?"

„Na gut, aber…"

„Schluss jetzt, kein Aber: Was sollen Don Alfredo und seine Familie von uns denken?" Nach einer kleinen

Pause fügte Thomas hinzu: „Und was soll vor allem Isabella denken?" Das saß.

Andreas trottete friedlich neben Thomas her und betrat nach ihm den Speiseraum, in dem die anderen schon warteten und sie freundlich begrüßt und von dem alten Diener zu ihren Plätzen geleitet wurden.

„Señor Thomas, Señor Andreas, ich begrüße sie. Meine Söhne sind leider verhindert und lassen sich vielmals entschuldigen. Dafür ist meine Tochter umso erfreuter, sie beide wiederzusehen."

Isabella errötete:  „Señor Thomas", sagte sie, „Señor Andreas!" Sie lächelte die beiden verlegen an, die rechts und links von ihr platziert wurden, was Andreas sichtlich gefiel, während Susanne es mit einem merkwürdigen Blick quittierte.

„Oh", bemerkte Andreas, „wo ist denn der gute Antonio?"

Thomas verschluckte sich und wollte Andreas ins Wort fallen. Das erwies sich diesmal allerdings als unnötig:

„Er mußte plötzlich weg, dienstlich", sagte Susanne. „Leider", fügte sie nach einer kurzen Pause hinzu und senkte dabei traurig ihren Kopf.

„Ja, schade", sagte Andreas, „es hätte ein so perfekter Abend werden können, aber ohne Antonio ist es nur halb so schön."

Thomas traute seinen Ohren nicht: Was hatte Andreas da eben gesagt? Und es klang in keiner Weise ironisch oder abfällig, sondern völlig ernst. „Was brütest du jetzt schon wieder aus?" dachte er bei sich und beschloß, auf der Hut zu sein und seinen Freund genau zu beobachten, um im Notfall sofort eingreifen zu können.

„Wie war der Tag?" wollte Don Alfredo wissen, „habt ihr viel gesehen von unserer schönen Stadt?"

„Ja, sehr viel!" sagte Susanne strahlend.

„Wir hatten ja auch einen hervorragenden Führer", pflichtete Nicole ihrer Freundin bei.

„Ja, einen, der wirklich jede Straße hier kennt", sagte Andreas.

Thomas versuchte irgendetwas Abfälliges aus Andreas Äußerung herauszuhören, aber es gelang ihm auch diesmal nicht.

„Danke, daß ihr das alle so empfunden habt", sagte Susanne lächelnd, „Antonio ist wirklich ein phantastischer Fremdenführer."

„Wohl eher Verführer", dachte Andreas, hütete sich aber, es auszusprechen. Er hatte beschlossen, die Sache anders anzugehen: Isabella war ohne ihren Freund erschienen und das hatte ihn auf eine seiner Meinung nach hervorragende Idee gebracht, wie er es Susanne heimzahlen konnte. „Es gibt wohl wirklich nichts, was wir heute nicht gesehen haben", sagte er an Isabella gewandt, „zumindest in der näheren Umgebung." In diesem Moment verstand Thomas, worauf Andreas hinauswollte. „Die Küste soll besonders schön sein", fuhr Andreas fort, „leider hatten wir noch keine Gelegenheit, sie uns anzusehen."

„Das ist sehr schade", sagte Isabella, „aber, Papa, meinst du nicht, wir könnten?"

„Natürlich, mein Kind, es steht sowieso die meiste Zeit leer."

„Danke, Papa." Isabella lächelte: „Wir haben eine Art Ferienhaus an der Küste, gar nicht soweit entfernt und wenn ihr wollt, laden wir euch dahin ein."

„Das wäre ja, super wäre das!" sagte Andreas.

„Phantastisch wäre das! In der Sonne liegen, baden und einfach mal den Urlaub genießen, wozu wir bisher noch nicht allzu viel Gelegenheit hatten!" Thomas machte eine Pause: „Was meinst du, Nicole, wäre das nicht toll?"

Nicole zögerte und sah Susanne an, die nicht besonders angetan von der Idee zu sein schien. „Doch, ja", sagte sie schließlich, „das wäre sehr schön."

„Gut", Don Alfredo klatschte in die Hände, „dann wäre das geklärt. Wegen des Termins sprecht ihr euch am besten mit Isabella ab. Aber genug davon, jetzt wird gegessen."

Anna hatte den Raum betreten und die Dienerschaft trug wieder ein Übermaß der köstlichsten Speisen auf. Alle aßen und tranken und plapperten dabei munter miteinander.

Andreas genoss die große Aufmerksamkeit, die ihm Isabella wegen seines verletzten Armes schenkte. Ausführlich schilderte er, wie es ihm ergangen war. Ab und an schüttelte Thomas den Kopf, da sein Freund natürlich wieder maßlos übertrieb. Ein Außenstehender mußte den Eindruck gewinnen, daß Andreas nur knapp dem Tode entronnen war.

Susanne unterhielt sich über ihr neues Lieblingsthema: Antonio. Dabei warf sie immer wieder Blicke zu Andreas, der aber so vertieft in die Schilderung seiner Lebensgeschichte war, daß er von Susanne und ihren Äußerungen keinerlei Notiz nahm.

„Warte, ich habe es mir aufgeschrieben", sagte Thomas zu Isabella und griff in seine Hosentasche, um einen Zettel herauszuziehen. Es gab einen hellen Klang und etwas fiel zu Boden. „Oh", sagte er überrascht, „den hätte ich fast vergessen." Er erhob sich, um nach dem Ring zu suchen. „Da ist er ja", sagte er und hob ihn auf, um ihn sofort wieder in seiner Tasche verschwinden zu lassen.

„Darf ich mal sehen?" fragte Isabella.

„Warum nicht, hier bitte." Thomas reichte ihr den Ring

und sie betrachtete ihn ausgiebig. Zu spät merkte er, daß er einen großen Fehler gemacht hatte.

„Schau, Papa", rief Isabella plötzlich, „das ist doch so einer, wie du ihn auch hast!" Sie hielt den Ring kurz hoch und wollte ihn dann Thomas zurückgeben.

Don Alfredo, der sich gerade mit der neben ihm sitzenden Nicole unterhalten hatte, hatte aufgeschaut, freundlich gelächelt, einen kurzen Blick auf den Ring geworfen und sich dann wieder Nicole zugewendet. Einen Augenblick später veränderte sich sein Gesichtsausdruck plötzlich: „Entschuldigen sie, Señorita Nicole", sagte er und wandte sich Thomas zu: „Darf ich den Ring noch einmal sehen?"

Thomas zögerte.

„Bitte, Señor Thomas", sagte Don Alfredo in einem Tonfall, der keinen Widerspruch duldete. Thomas reichte ihm den Ring. Don Alfredo nahm ihn an sich und musterte ihn genau. Sein Gesicht verlor jegliche Farbe und er sagte fast tonlos: „Woher haben sie den, Señor Thomas?"

„Ich", begann Thomas und wußte nicht, was er sagen sollte. Hilflos schaute er zu Nicole und zu Susanne. „Ja, wo habe ich…"

„Das ist ein altes Erbstück", sagte Nicole, „von seinem Großvater, glaube ich."

„Genau, von meinem Großvater, ein Erbstück", wiederholte Thomas, sichtlich erleichtert.

Don Alfredos Blick versteinerte und man sah ihm an, daß die Antwort in keiner Weise seinen Erwartungen entsprochen hatte. „Señor Thomas…", begann er und sein Tonfall ließ nichts Gutes erahnen. In diesem Moment wurde die Tür zum Speiseraum geöffnet und eine aufgeregte Anna betrat den Raum. Sie eilte so schnell sie konnte zu Don Alfredo, der sie missbilligend ansah und flüsterte ihm etwas ins Ohr. Die Faust des

Don sauste auf den Tisch: „Dieser miese, kleine Gauner!" entfuhr es ihm. Er erhob sich: „Señoritas y Señores, entschuldigen sie mich!" sagte er knapp und verschwand durch die hintere Tür. Zurück blieben fünf fragende Augenpaare.

„Was ist nur los mit ihm", sagte Isabella, „so habe ich ihn noch nie erlebt!"

„Und das mit dem Haus und dem Meer können wir ja nun wohl auch abhaken. Vielen Dank, Señor Thomas!" bemerkte Andreas trocken.

# Samstag, 18. April

„Er ist weg!"

Andreas und Thomas drehten sich ruckartig um und sahen eine Nicole, die mit weit aufgerissenen Augen und völlig außer Atem in der Tür des Raumes stand, in dem die beiden gerade am Frühstücken waren.

„Einfach weg!" Sie schien völlig fertig zu sein.

„Wer ist weg?" wollte Andreas wissen.

Thomas war aufgestanden und hatte den Arm um sie gelegt: „Hier, setz dich und komm wieder zu dir", sagte er mit beruhigender Stimme und führte sie zu ihrem Platz. Willenlos ließ sie sich auf den Stuhl drücken. „So, schon besser. Und nun erzähl' mal der Reihe nach." Andreas und er sahen sie gespannt an.

„Also, eigentlich wollten wir doch Carlos schon lange von unserer Suche nach seinem Haus  berichten...", begann sie mit noch leicht zitternder Stimme.

„Stimmt, das hatten wir vor", erinnerte sich Thomas, „und dann war entweder Anna oder irgendjemand anders in dem Raum und wir haben es immer wieder verschoben."

„Genau! Eben wollte ich das nachholen und bin zu dem Zimmer und...", sie hielt inne.

„Und was?" Andreas schaute sie an.

„Weg."

„Wie, weg?"

„Versteht ihr nicht?"

An den Minen von Andreas und Thomas war abzulesen, daß sie nicht genau wußten, was Nicole ihnen zu sagen versuchte.

„Ihr seid aber auch was von begriffsstutzig heute!" sagte sie gereizt.

„Das liegt wohl eher daran, daß du dich etwas unklar ausdrückst", entgegnete Andreas.

„Nun werd nicht auch noch unverschämt, sonst breche ich dir den anderen auch noch!" sagte Nicole und deutete auf Andreas eingegipsten Arm.

„Nicole, Andreas, bitte!", schaltete sich Thomas ein.

„Das Zimmer war leer", sagte Nicole trocken.

„Und Carlos?" Andreas sah sie an.

Nicole schlug sich mit der flachen Hand gegen ihre Stirn: „Das habe ich doch nun schon hundertmal gesagt: Weg. Er ist weg."

„Carlos ist weg?" sagten Andreas und Thomas fast gleichzeitig und starrten sich an: „Wo ist er hin?"

„Wenn ich das wüsste, wäre ich wohl kaum so aufgeregt." Nicole schüttelte den Kopf über so viel Dummheit.

„Wir können doch Anna fragen!" sagte Thomas und Andreas stimmte ihm strahlend zu:

„Das ist eine tolle Idee!"

„Darauf bin ich schon alleine gekommen", sagte Nicole knapp.

„Und was hat sie gesagt?" Thomas sah Nicole gespannt an.

„Daß der Arzt da war und nichts mehr dagegen gesprochen hat, Carlos wieder nach Hause gehen zu lassen. Und da ist er eben gegangen."

„Glaubst du das?" sagte Andreas und sah Thomas an, der den Kopf schüttelte, „ich auch nicht!"

„Sie müssen ihn weggebracht haben!" sagte Nicole aufgeregt.

„Wohin könnten sie ihn…", Andreas schluckte, „ihr meint doch nicht, daß sie ihn?" Er sah die beiden anderen an: „Das wäre ja schrecklich!"

„Nach den letzten Tagen kann ich mir das durchaus vorstellen", sagte Thomas.

Die drei schwiegen und für die nächsten Minuten waren nur vereinzelte Kaugeräusche zu hören.

Das änderte sich erst, als eine fröhlich vor sich hin pfeifende Susanne den Raum betrat.

„Na, ist das nicht ein herrlicher Tag?" Anstelle einer Antwort erntete sie nur Schweigen. „Was ist denn hier los? Ihr braucht nicht mehr zu trauern, ich bin doch wieder da!" Sie stellte sich vor dem Tisch in Pose, wie es Eiskunstläufer am Ende ihrer Kür zu tun pflegen.

„Er ist weg", sagte Andreas und kaute weiter.

„Wer ist weg?" wollte Susanne wissen.

„Geht das jetzt wieder von vorne los?" Nicole schüttelte sich.

„Was geht wieder von vorne los?" Susanne schaute abwechselnd von Einem zum Anderen und ihr Blick zeigte das gleiche Unverständnis wie einige Zeit zuvor der von Andreas und Thomas.

„Setz dich hin", Andreas schob den Stuhl neben sich zurück, „iss ein paar Kleinigkeiten und dabei klären wir dich dann auf."

„Hmm", Susanne zögerte einen Moment, doch dann war sie wieder ganz die Alte: Sie hatte kaum ihren Platz eingenommen, als die Hände in Windeseile über den Tisch glitten und alles, was ihnen begegnete auf ihren Teller häuften. „Dann erzählt mal", sagte sie kauend.

Nachdem Nicole ihre Freundin auf den neuesten Stand gebracht hatte, war es eine ganze Weile fast still im Raum; nur Susannes Kauen war zu hören.

„Es gibt nur eine Möglichkeit, wie wir Gewissheit bekommen können!" sagte sie plötzlich. Alle starrten Susanne an, die für die Dauer eines Satzes ihre Kaubewegungen unterbrochen hatte: „Wir gehen zu dem Haus von dieser Conchita."

„Und dann?" wollte Andreas wissen.

„Dann sehen wir, ob Carlos da ist oder nicht", sagte Susanne und kaute zufrieden über sich selbst weiter.

„Genial einfach!" Nicole legte anerkennend ihren Arm um Susannes Schulter.

„Und Antonio?" meldete sich Andreas zu Wort und erntete einen bösen Blick von Nicole für seine Bemerkung.

„Ach, der hat Dienst", sagte Susanne fröhlich, „und kann sowieso erst heute Abend."

„Wie, heute Abend? Was ist heute Abend?" wollte Andreas wissen.

„Heute Abend…" begann Susanne und wurde von Thomas unterbrochen:

„Euch darüber auszutauschen, was heute Abend ist oder nicht ist, dazu habt ihr auf dem Weg noch mehr Zeit als genug. Wir sollten gehen."

„Ja, das denke ich auch", sagte Nicole dankbar lächelnd, „bringen wir es hinter uns." Sie stand auf und die anderen folgten ihr. Im Hinausgehen flüsterte sie Thomas ein „Danke" ins Ohr, das er mit einem Lächeln quittierte. Beide waren zufrieden, daß sie die Streithähne für den Augenblick zum Schweigen gebracht hatten.


„José!" Don Martinez ging seiner rechten Hand mit schnellem Schritt entgegen, um ihn dann in seine Arme zu schließen. „Wo warst du? Was ist passiert? Ich habe mir Sorgen gemacht!" José versuchte, sich aus der Umarmung zu lösen. „Sicher", sagte Don Martinez, „du mußt müde sein, setz dich erstmal." Er wies auf den Stuhl, auf dem Pablo immer gesessen hatte.

„Danke, es geht schon", sagte José und schüttelte den Kopf.

„Ah, dann lass´ uns etwas Trinken, ja?" Don Martinez gab ein Zeichen mit seiner rechten Hand und sofort verschwand einer seiner Leute, um einen kurzen Moment später mit einem Tablett, einer Flasche und zwei Gläsern zurückzukehren. „Ah, sehr gut." Don Martinez wies auf den Schreibtisch. Der Träger stellte das Tablett dort ab und zog sich dann wieder an eine der Türen zurück.

José war in Begleitung zweier seiner Leute gekommen. Velasquez und Silvio standen links und rechts der Tür, die zum Garten führte.

„Hier!" Don Martinez reichte José ein gefülltes Glas, „auf deine glückliche Rückkehr!"

„Auf meine Rückkehr!" sagte José und nippte an seinem Cognac.

„Ah, das tut gut." Don Martinez hatte sein Glas in einem Zug geleert und schenkte sich nach: „Noch einen!"

„Nein, danke, mir nicht." Josés Stimme klang angespannt.

„Ah, José, du bist ganz der Alte." Don Martinez ging um den Schreibtisch herum und ließ sich auf seinen Stuhl fallen. „Und nun, setz´ dich und erzähl! Was ist im Sternenhaus passiert?" Er schaute José mit einem durchdringenden Blick an, der diesen leicht erschauern ließ.

„Er kann nichts wissen", sagte José zu sich selbst, als er sich setzte, „du mußt nur die Ruhe bewahren."

„Ah, du willst die Spannung erhöhen!" sagte Don Martinez.

„Also, es war so…", begann José seine Geschichte. Er hatte kaum zwei Sätze gesprochen, als sich die hintere Tür öffnete und einer von Don Martinez Mitarbeitern den Raum betrat, zu ihm ging und ihm etwas ins Ohr flüsterte.

„Gut, sage ihm, er möchte noch ein wenig Geduld haben, ich bin gerade in einer wichtigen Besprechung. Es wird nicht lange dauern." Der Mitarbeiter zog sich mit einer tiefen Verbeugung wieder zurück. „Nun, wo waren wir? Ah, ja, du wolltest mir gerade deine Geschichte erzählen. Bitte, fahre fort!"

José wirkte etwas irritiert, erzählte dann aber von den Geschehnissen im Sternenhaus. Je länger er davon sprach, umso sicherer wurde er und umso mehr glaubte er seine eigene Geschichte.

„Und Bernardo war schon tot?" Don Martinez hatte sich in seinem Stuhl nach vorne gelehnt.

„Ja", sagte José mit ganzer Überzeugung, „als wir in das Haus kamen, lag er am Boden und dieser Pablo kniete über ihm. Er hatte die Waffe noch in der Hand."

„Ah, und was hast du dann getan?"

„Ich habe ihn aufgefordert, die Waffe fallen zu lassen und Velasquez sollte sie an sich nehmen." Er schaute Velasquez auffordernd an.

„Genau so ist es gewesen", sagte dieser zustimmend.

„Und die anderen? Hat die alle Pablo erschossen?" Don Martinez Stimme klang skeptisch.

„Nein, Don Martinez, das war ein anderer."

„Und, wer war es, José? Wer?"

„Francesco, er heißt Francesco", sagte José, „ich weiß nicht sehr viel über ihn. Er hat mir mal geholfen, weil er dachte, daß es ihm Vorteile bringt."

Don Martinez hatte bei dem Namen aufgeschaut und sein Blick war nun fest auf José gerichtet: „Francesco? Francesco wer?"

„Ich weiß es nicht. Er hat nicht viel von sich preisgegeben."

„Wie sieht er aus? Wie alt ist er?" Don Martinez schien verärgert.

„Er, er trägt immer einen Mantel und einen

Spazierstock, einen Spazierstock mit goldenem Griff."

Für den Bruchteil einer Sekunde sah man ein Aufblitzen in Don Martinez Augen: „Und das ist alles, was du über ihn weißt?"

„Ja, alles", beteuerte José.

„Und dieser Francesco hat die anderen ganz alleine ausgeschaltet?"

„So muß es gewesen sein, es gibt für mich keine andere Erklärung", bekräftigte José.

„Und Pablo? Was ist aus Pablo geworden?"

„Der, ja, also", Schweißperlen bildeten sich auf Josés Stirn, „Velasquez wollte gerade seine Waffe an sich nehmen, als wir das Klacken eines Abzugs und eine Stimme aus dem Hintergrund hörten."

„Eine Stimme?"

„Ja, eine Stimme, die uns aufforderte, unsere Waffen sofort niederzulegen, ansonsten würde uns das Schicksal von Bernardo und den anderen ereilen."

„Was habt ihr getan?"

„Was schon", José schwitzte immer stärker, „wir sind seiner Aufforderung nach gekommen."

„Und dann?"

„Dann forderte die Stimme Pablo auf, unsere Waffen einzusammeln und zu ihm zu bringen. Was Pablo auch getan hat."

„Und?"

José schaute Don Martinez fragend an.

„José, weiter! Wer war der Mann?"

„Francesco, es war dieser Francesco", sagte José.

„Ah, dieser Francesco also. Gut, José, weiter: wie seid ihr entkommen?"

„Wie wir entkommen sind?"

„Si, José, wie?"

„Wir…", man sah deutlich, wie es in José arbeitete, „er, er ist mit Pablo verschwunden, dieser Francesco und hat uns dort zurückgelassen."

Don Martinez atmete tief durch: „Du erzählst mir also, daß Bernardo und die anderen von diesem mysteriösen Francesco hingerichtet wurden, Pablo ihm dabei geholfen hat und die beiden dann verschwunden sind, ohne euch auch nur ein Haar zu krümmen?"

José nickte.

„Und, du bist dir sicher, daß sich alles so abgespielt hat?"

„Es war so, Don Martinez, so wahr ich hier sitze. Du kannst Silvio fragen oder Velasquez, sie waren dabei." Er zeigte auf die beiden, die zustimmend nickten.

„Nochmal, José: Er hat dich und deine Leute lebend zurückgelassen und ist einfach verschwunden, habe ich das richtig verstanden?"

„Ja, genauso ist es gewesen!"

„Ah, warum sollte er das getan haben? Warum, José?"

Josés Gehirn arbeitete fieberhaft.

„Warum?"

„Weil, weil - ich weiß es nicht!" preßte José hervor.

„Dann", sagte Don Martinez, „habe ich eine gute Nachricht für dich."

José hob seinen Kopf und schaute Don Martinez in die Augen.

„Ich kenne jemanden, der es uns sagen wird!"

José zitterte am ganzen Körper: „Wer könnte das sein?" sagte er leise und schaute zu Silvio und Velasquez, die nur mit den Schultern zuckten.

„Piedro!" rief Don Martinez, „bitte jetzt unseren Gast herein!"

Piedro verschwand und kehrte kurz darauf zurück, gefolgt von Don Francesco. José zuckte zusammen und Velasquez und Silvio sahen ihn mit entsetzten Gesichtern an.

„Ihr kennt euch bereits, wie ich gehört habe", sagte Don Martinez und bot Don Francesco einen Platz neben José an. Nachdem dieser sich gesetzt hatte, fuhr Don Martinez fort, ohne auf eine Antwort von José zu warten: „Mein lieber José, ist dies jener ominöse Francesco aus dem Sternenhaus?"

„Ja, das ist er."

„Laß dir Zeit, José. Bist du ganz sicher?"

„Natürlich! Nie könnte ich dieses Gesicht jemals vergessen."

„Ich verstehe nicht ganz", sagte Don Francesco.

„Du wirst es gleich verstehen, etwas Geduld noch." Don Martinez lehnte sich zurück. „Nun", fuhr er fort, „es scheint so, als ob du, Francesco, in einem gemeinen und hinterhältigen Akt mehrere meiner Leute dahin gemordet hast, darunter auch Bernardo."

Don Francescos Augen drückten Überraschung aus. Der Rest seines Körpers zeigte keinerlei Reaktion auf diese Anschuldigung.

„Danach hast du das Sternenhaus mit Pablo verlassen, der mit dir zusammengearbeitet hat. Gemeinsam habt ihr auch etwas in euren Besitz gebracht, das mir gehört."

José nickte zufrieden und auch Velasquez und Silvio wirkten entspannter.

„Nur zum Verständnis: Ich habe doch alles richtig wiedergegeben, José?"

José nickte wiederum und fügte hinzu: „Besser hätte ich es auch nicht ausdrücken können."

„Nun, Señor Francesco, da scheint es doch so, als wenn sie versucht hätten, mir einen sehr großen Schaden zuzufügen." Er machte eine kurze Pause: „Mehr noch! Wenn ich Josés Ausführungen Glauben schenken sollte, dann wollten sie ihn unterstützen, um am Ende meine Position einzunehmen." Don Martinez blickte auf das Foto vor sich auf dem Schreibtisch: „Nun, ich frage mich, welche Gründe sollten sie dafür gehabt haben?" Francesco machte keinerlei Anstalten, diese Frage zu beantworten und Don Martinez schien das auch nicht erwartet zu haben, denn er fuhr unbeirrt fort: „Ah, ich kenne mehr als genug Gründe dafür!" dabei lächelte er, „aber ich kenne keinen, der ein so langes Warten erfordert hätte und eine so stümperhafte Vorgehensweise." Don Martinez schwieg und die berühmte Feder hätte bei ihrem Aufkommen wie ein Kanonenschlag geklungen.

Josés Gesicht war inzwischen genauso schweißgebadet, wie das von Pablo immer gewesen war; Francesco saß noch immer ganz ruhig in seinem Stuhl und verzog keine Miene. Alle anderen hatten es aufgegeben, irgendeinen Sinn in dem zu Suchen, was hier vor sich ging. Sie warteten darauf, daß ihnen José oder Don Martinez eine Anweisung gaben, die sie dann ausführen konnten.

Don Martinez lehnte sich vor und sah José an: „Ah, José, es war bestimmt nicht hell in dem alten Haus und das, was du gesehen hast, sind doch nur Vermutungen. Bist du wirklich absolut sicher, daß es dieser Señor hier gewesen ist", er zeigte auf Francesco, „der dir dort gegenübergestanden hat? Laß dir ruhig Zeit für die Antwort, denke noch einmal ganz genau nach. Es ist sehr wichtig."

„Ich brauche keine Zeit", sagte José abfällig, „natürlich war er es. Da gibt es nicht den geringsten Zweifel!"

„Dann allerdings José, frage ich dich: Warum hast du das getan?"

Ein völlig irritiertes Augenpaar blickte Don Martinez an: „Habe ich was getan?"

„Warum hast du mich belogen? Warum

hintergangen? Warum, José? Ich war wie ein Vater zu dir! Du, du solltest einmal mein Nachfolger werden!"

„Ich verstehe nicht…" José blickte verzweifelt von Velasquez zu Silvio und dann wieder zu Don Martinez.

„Das war schon immer dein Fehler", Don Martinez legte seine Hände auf die Schreibtischplatte, „daß du nie versucht hast, zu verstehen. Du wolltest immer nur Erfolg und Macht. Dazu gehört mehr, als Geld und eine willige Gefolgschaft, die für Bezahlung alles tut."

„Ich…" versuchte es José erneut.

„Schweig!" Herrschte ihn Don Martinez an. Dann sah er sich im Zimmer um: „Raus! Alle außer José!"

Die anderen verließen den Raum, nachdem José Velasquez und Silvio bedeutet hatte, ebenfalls nach draußen zu gehen.

„Du bleibst, Francesco. Bitte." Don Martinez sah seinen alten Freund an, der sich ebenfalls erheben wollte.

„Warum darf er…" José wurde von einem barschen: „Hatte ich dich etwas gefragt?" von Don Martinez unterbrochen. José schwieg. „Wieso hast du mich so enttäuscht, José?"

„Ich verstehe nicht, Don Martinez, ich habe die Wahrheit gesagt. Alles im Sternenhaus hat sich so zugetragen."

„Da habe ich etwas ganz anderes gehört." Don Martinez war aufgestanden und stand nun mit dem Rücken zu José hinter dem Schreibtisch.

„Von wem? Wer hat etwas anderes erzählt?" wollte José wissen.

Don Martinez schwieg.

José schaute Francesco an und zeigte mit dem Finger auf ihn: „Etwa der da?" Don Martinez schwieg noch immer. „Was immer er auch gesagt hat: Er lügt!" schrie José und verließ seinen Platz, „wie könnt ihr ihm mehr glauben als mir! Ich…", er hämmerte gegen seine Brust, „müsste verletzt und enttäuscht sein, daß ihr mir so etwas zutraut. Mir, eurem engsten Vertrauten!" José stand jetzt ganz dicht vor Francesco: „Sag´ ihm, daß du lügst oder dein Leben ist keinen Pfifferling mehr wert!"

Francesco schien wenig beeindruckt von den Drohungen seines Gegenübers.

„Es ist aus, José", sagte Don Martinez, „ich war mir nicht sicher, ob du lügst, bis jetzt." Er drehte sich langsam um: „Ich habe schon einmal einen großen Fehler gemacht vor sehr vielen Jahren und ich habe ihn teuer bezahlt. Seitdem habe ich niemandem mehr vertraut; mit einer Ausnahme. Das Leben kann sehr hart sein. Francesco hätte allen Grund, mich zu ruinieren, José." Er machte wieder eine Pause und nahm das Foto von seinem Schreibtisch in die Hand: „Aber er würde mich nie belügen, José, nie."

„Woher willst du das wissen?" brüllte José, der sich von Francesco abgewendet hatte und nun Don Martinez gegenüber stand.

„Ah, ich weiß es eben."

„Das reicht mir nicht!" José war außer sich. Er fühlte sich in die Enge getrieben und wußte, daß er nicht viele Möglichkeiten hatte, lebendig dieses Haus zu verlassen, wenn es ihm nicht gelang, Francesco dazu zu bringen, die Schuld auf sich zu nehmen. „Warum glaubst du ihm mehr als mir?"

„Das ist meine Sache!" Don Martinez Stimme ließ keinen Widerspruch zu.

José wirbelte herum und zog seine Waffe. „Ich will es wissen!" seine Stimme wurde immer lauter. Vor den Türen wurde es unruhig. José verschloss erst die Tür hinter sich, dann bewegte er sich vorsichtig an der Wand entlang, um auch die zweite abzusperren. „Wir wollen doch nicht, daß uns jemand stört", sagte er höhnisch, „Und nun rede!" Er stand neben Don Martinez und hielt ihm die Waffe an den Kopf.

„José, sei vernünftig, du kommst nicht lebendig aus dem Haus!"

„Ha! Das ist ein Irrtum! Der Verrückte da…", er zeigte auf Francesco, „hat meine Waffe an sich gebracht, dich erschossen und ich habe ihn dann in Notwehr zum Schweigen bringen müssen." Er grinste teuflisch: „Eine Runde Sache. Alle werden es glauben und ich werde mein Erbe antreten am Ende als der große Held!"

„Du bist verrückt, das kann nicht gutgehen." Don Martinez war nicht ganz von dem überzeugt, was er gesagt hatte. Die Situation hatte sich mit einem Schlag zu seinen Ungunsten verändert.

„Fabelhaft, José!" sagte Francesco, der bis jetzt geschwiegen hatte, „ich hatte also doch Recht, als ich mein Vertrauen in dich gesetzt habe!" José sah ihn verwirrt an. „Dein Plan ist phantastisch, nur, daß ich dabei auch sterben soll, gefällt mir nicht so ganz."

„Warum sollte ich dich am Leben lassen?"

„Erinnerst du dich an das Sternenhaus und an das, was da geschehen ist?"

„Natürlich erinnere ich mich!"

„Ich meine an das, was wirklich geschehen ist! Habe ich dir und deinen Leuten nicht aus der Klemme geholfen?"

„Das hast du und dafür werde ich dir immer dankbar sein. Auf deinem Grab werden immer frische Blumen stehen." José lachte wieder, „niemand soll sagen, daß ich mich nicht erkenntlich zeige." Er fuchtelte mit seiner Waffe in der Luft herum: „Genug. Bevor ich das beende will ich wissen, warum du ihm mehr vertraust als mir!"

„Wir kennen uns schon sehr lange", sagte Don Martinez mit ruhiger Stimme.

„Wirklich sehr lange", bestätigte Francesco und

lächelte: „Weißt du noch damals, als wir von dem dicken Paolo und seinem Bruder bedroht wurden?"

Don Martinez lächelte jetzt auch: „Ja, sie waren viel größer und stärker als wir, aber du…" Er zögerte und vollendete schließlich den Satz, „du warst wie immer der Klügere!" Er hatte Francesco verstanden: „Bringen wir es hinter uns, José. Du sollst eine Antwort auf deine Frage bekommen." Don Martinez bewegte sich auf das Fenster zu: „Francesco ist…" er fasste sich an die Brust und sackte langsam in sich zusammen. José war völlig überrascht und starrte auf den am Boden knieenden Don Martinez. Im selben Augenblick durchfuhr ihn ein stechender Schmerz in der rechten Schulter. Er ließ die Waffe fallen und knickte anschließend in sich zusammen, nachdem er einen kräftigen Tritt vom plötzlich wieder genesenen Don Martinez zwischen die Beine erhalten hatte.

„Fast wie früher!" sagte Francesco und ließ die lange Klinge wieder in der Spitze seines Stockes verschwinden.

„Nur etwas langsamer vielleicht", lachte Don Martinez.

„Wieso?" japste José.

„Ah, ich bin dir ja noch eine Antwort schuldig: Er ist der Bruder meiner verstorbenen Frau! Und jetzt öffne die Türen, Francesco, damit der Unrat hinausgeschafft werden kann."

„Du denkst…,du hast…gewonnen!" keuchte José, „…er ist der…Bruder deiner Frau…ja, das mag sein…, aber ich…", sein Keuchen wurde heftiger, „…ich bin…ihr Sohn!"

Don Martinez erstarrte und er und Francesco sahen sich fassungslos an.

Susanne, Nicole, Thomas und Andreas zogen hoffnungsvoll durch die Straßen einer großen Stadt. Sie hatten ein Ziel vor Augen und endlich würde sich die Sache mit Carlos aufklären und sie könnten ihm das Kreuz zurückgeben. Außerdem waren alle zufrieden, das Haus des Don verlassen zu haben, ohne ihm begegnet zu sein. Zu sonderbar war sein Verhalten am Abend zuvor. Sie waren ohne weitere Worte auf ihre Zimmer gegangen und jedes Geräusch im Haus löste Panik bei ihnen aus. Es war jedoch nichts geschehen. Niemand hatte sie rufen lassen, niemand war in ihre Zimmer eingedrungen. Das Haus hatte in unheimlicher Stille gelegen.

Als sie Anna am Morgen nach Don Alfredo fragten, sagte sie nur kurz, daß er das Haus schon sehr früh geschäftlich verlassen mußte und wahrscheinlich erst am Abend zurückkehren würde. Ein Umstand, der zwar ihre Fragen nicht beantwortete, sie aber innerlich beruhigte und ihnen Zeit bis zum Abend gab, sich eine Strategie zu überlegen, dem Don gegenüberzutreten.

Das alles war im Augenblick in weiter Ferne: die Sonne strahlte wie jeden Tag vom fast wolkenlosen Himmel, die Luft war erfüllt mit den unterschiedlichsten Düften und Gerüchen, die Straßen lebten in allen Farben. Thomas war glücklich, weil Nicole bei ihm war und Andreas wirkte sehr zufrieden, daß Antonio nicht an Susannes Seite zu finden war. So näherten sie sich langsam dem Hügel, auf dem das kleine Haus von Conchita und Carlos stand.

„Meinst du, er ist da?" sagte Susanne.

„Ich weiß es nicht", antwortete Andreas mit einem vorsichtigen einseitigen Schulterzucken.

„Er muß einfach da sein!" Susannes Stimme klang fast flehentlich.

„Mach dir da nur nicht zu viele Hoffnungen!" Nicole schaute vor sich auf den Boden, „ich kann es mir ehrlich gesagt nicht vorstellen."

„Aber, es wäre doch möglich!" beharrte Susanne.

„Ja, möglich, aber sehr unwahrscheinlich", schaltete sich Thomas in die Unterhaltung ein. „Nachdem, was wir gestern Abend beim Essen erlebt haben…"

„Habt ihr die Reaktion gesehen, als er sich den Ring angeschaut hat!" unterbrach Susanne Thomas.

„Natürlich haben wir", Andreas schüttelte seinen Kopf, „die war ja wohl kaum zu übersehen!"

„Und zu überhören!" pflichtete Nicole bei.

„Und als du ihm gesagt hast, woher wir den Ring haben…ich dachte, er springt dir gleich an die Kehle." Susanne schüttelte sich.

„Ja, unheimlich war das", auch Nicole mußte schaudern bei der Erinnerung an Don Alfredos Gesichtsausdruck.

„Ich möchte wissen", sagte Thomas, „warum ihm das so nahe gegangen ist. Es muß da eine Beziehung geben zwischen ihm und dem Ring."

„Hat nicht Isabella gesagt, daß ihr Vater so einen ähnlichen hat?" erinnerte sich Andreas.

„Stimmt!" Susannes Augen leuchteten, „und erinnert ihr euch an das Bild im Museum?"

„Welches", stöhnte Andreas, „welches von den Tausenden meinst du noch gleich?"

Susanne zog eine Grimasse in seine Richtung: „Na, das große, das historische."

„Das mit den vielen Personen, das so ähnlich ist wie das, das bei Don Alfredo im Esszimmer hängt?"

„Danke, Nicole. Ja, genau das. Da ist auch so ein Ring drauf!"

„Wirklich?" Thomas sah sie fragend an.

„Ja, deswegen wollte ich doch noch einmal hin, um

mir Gewissheit zu verschaffen."

„Da wären wir wieder bei dem Ring", sagte Thomas.

„Und dem Kreuz," ergänzte Nicole, „das ja auch zu sehen ist." Alle schwiegen.

„Warum fragen wir ihn nicht?" sagte Susanne schließlich.

„Wen fragen?" wollte Andreas wissen.

„Don Alfredo!" Die anderen sahen Susanne an. „Ja, schließlich war seine Reaktion sehr merkwürdig und es ist unser gutes Recht, eine Erklärung dafür zu bekommen. Oder?"

„Ja", sagte Thomas, „das wäre nicht falsch. Aus seiner Antwort können wir bestimmt unsere Schlüsse ziehen. Das Kreuz müssen wir ja erstmal nicht erwähnen. Und, was soll passieren? Schlimmstenfalls wirft er uns raus!" Thomas schaute in die Runde: „Also, abgemacht, heute Abend fragen wir ihn."

„Gut, aber Thomas sollte vielleicht alleine mit ihm reden", sagte Nicole.

„Warum denn das?" Andreas gefiel dieser Vorschlag offensichtlich überhaupt nicht.

„Ganz einfach", Nicole sah ihn an: „weil es offiziell sein Ring ist!"

„Stimmt, Andreas, es ist Thomas Ring!" Susanne legte erleichtert ihren Arm um Andreas Hüfte und zog ihn weiter, die Straße hinauf.


„**I**hr einfältigen, alten Trottel!" José stand keuchend vor Don Martinez und Don Francesco. Seine Gesichtszüge waren zu einer dämonischen Fratze verzogen. „Ihr dachtet, ihr wäret schlauer als ich! Ha! Das haben schon viele gedacht, sehr viele. Und sie sind tot." Er machte eine Pause und blickte dann erst

Don Francesco und danach Don Martinez in die Augen: „Alle!" fügte er hinzu und kicherte dabei vor sich hin. „Sie sind alle tot. Tot." Seine Arme ruderten durch die Gegend und fegten dabei einige Gegenstände vom Schreibtisch, die polternd zu Boden gingen.

Die Seitentür wurde aufgerissen und Franco erschien mit gezogener Waffe und zwei weiteren von Don Martinez Männern, die ebenfalls ihre Pistolen feuerbereit in den Händen hielten.

„Es ist alles in Ordnung", sagte Don Martinez. Franco sah ihn mit ungläubigen Augen an und machte keinerlei Anstalten, den Raum wieder zu verlassen. „Habt ihr nicht gehört!" herrschte sie der Don an: „Wartet draußen, bis ich euch rufe!" Noch immer zögerte Franco. „Egal, was ihr hört: Wartet draußen! Ich will nicht noch einmal gestört werden!"

„Er will nicht gestört werden!" José trällerte mit singender Fistelstimme, „ihr habt es gehört, geht! Verschwindet! Folgt eurem Herrn, ihr Weicheier, ihr Memmen! Tut was er sagt, der mächtige Don!" José lachte schallend, „ja, der so mächtige Don!" Dann wandte er sich zum Fenster und murmelte Worte vor sich hin, die ab und zu von einem heiseren, glucksenden Lachen unterbrochen wurden.

Franco sah hilflos zu Don Martinez. „Ihr habt es gehört", sagte der, „und ich…", er betonte dieses `ich´ in besonderer Weise und der stechende Blick, den er dazu in die Richtung seiner Leute sandte, unterstrich den Ernst dieser Aussage, „sage es nicht noch einmal!"

Franco gab den beiden anderen ein Zeichen, dann verbeugte er sich tief und schloß die Tür hinter sich.

„Sie gehorchen dir noch, alter Mann!"

„Ja, José, sie gehorchen mir noch."

„Sie haben Angst vor dir, Angst!"

„Nenne es wie du willst, du wirst es sowieso nie

verstehen."

José drehte sich um: „Kommt jetzt wieder das Gefasel von Loyalität und Respekt und dem ganzen altmodischen Kram?" Er lachte wieder: „Du lebst in einer vergangenen Zeit! Einer toten Zeit. So tot, wie du auch bald sein wirst!" Jetzt zeigte sein Gesicht wieder die dämonische Fratze: „So tot wie alle sein werden, die dir noch vertrauen. So tot wie alle, die Schuld am Tode meiner Mutter sind." Wieder fuchtelte er wirr mit den Armen in der Gegend umher.

Don Francesco und Don Martinez sahen sich entsetzt an. Sie mussten nichts sagen. Obwohl sie so lange nicht miteinander gesprochen hatten, kannten sie sich so gut, daß jeder wußte, was der andere dachte.

„Es muß sein, Francesco", sagte Don Martinez mit matter Stimme.

„Er ist dein Sohn, alter Freund!"

„Er ist gefährlich. Wir wissen jetzt, wozu er im Stande ist und…", Don Martinez sah auf das große Bild über der großen Tür, das mehrere Männer und Frauen mit ihren Kindern zeigte, „als er es getan hat, war er noch ein Kind!"

„Dann aber, lass´ es mich auf meine Weise tun." Don Francesco sah seinem Gegenüber in die Augen: „Bitte!" fügte er hinzu.

Don Martinez erwiderte seinen Blick, sah auf das Bild, dann zu José, der in Fensternähe durch die Gegend tänzelte und nichts von dem mitzubekommen schien was gesprochen wurde. „Gut, um unserer Freundschaft willen", sagte er und reichte ihm das Telefon.

„Was macht ihr da?" fauchte José, als Don Francesco den Hörer abnahm und eine Nummer wählte.

„Das wirst du schon früh genug erfahren, mein Junge!"

„Ich bin nicht dein Junge, PAPA!" schrie José und

näherte sich Don Martinez. Gebremst wurde er durch die Spitze von Don Francescos Spazierstock. Knurrend zog sich José zurück und fuhr fort, irgendwelche Beschimpfungen vor sich hin zu murmeln.

„Ja, den Commissario bitte - In einer Besprechung? - sagen sie ihm, Don Francesco sei am Apparat und es sei sehr wichtig - Kein Problem, ich warte."

„Commissario?" José keuchte wieder, „Polizei? Nein, das ist ein Bluff! ...Ihr könnt...unmöglich...die Polizei..." Er wich zurück. Ein Blick in Don Francescos Gesicht hatte ihm gezeigt, daß es hier nicht um irgendwelche strategischen Spielchen ging, sondern, daß es bitterer Ernst war. „Vater!" schrie er und ließ sich vor Don Martinez zu Boden fallen, „Vater, das kannst du nicht wollen!" Er rutschte auf den Knien hin und her und seine Stimme glich jetzt dem Winseln eines Hundes: „Das kannst du nicht zulassen, VATER! Ich bin dein Sohn. Meine Mutter war deine Frau, sie hat dich geliebt." Josés Gesicht war so nah am Boden, daß man hätte glauben können, es verschwände jeden Augenblick darin. Unaufhörlich wimmerte er und wiederholte seine flehenden Worte.

Don Martinez Gesicht war versteinert, nicht ein Muskel regte sich.

„Ja, Enrique, es ist soweit - Ja, das, wovon wir neulich gesprochen haben - So schnell wie möglich und so diskret wie möglich - ich danke dir." Don Francesco legte den Hörer auf: „Er ist auf dem Weg."

„Ihr Schweine!" José war blitzschnell aufgesprungen und hatte einen Satz in Richtung Don Francesco gemacht. Mit einem heiseren Aufschrei sackte er zu Boden.

Don Martinez hatte ihm im Sprung seinen eisernen Ofenhaken gegen die Kniescheiben geschlagen.

„Danke", sagte Don Francesco.

„De nada, alter Freund." Don Martinez ließ den Ofenhaken auf den Boden neben den sich windenden José fallen. „Franco!" Kaum war der letzte Buchstabe ausgesprochen öffnete sich die Tür und Franco und seine Begleiter standen erneut mit gezogenen Waffen im Raum. „Das", Don Martinez zeigte auf die Waffen, „wird nicht nötig sein. Hebt das da...", er zeigte auf José, „auf und entfernt es aus meinem Gesichtskreis."

Franco gab den beiden anderen ein Zeichen. José wurde unsanft hochgerissen und aus dem Raum geschleift.

„Das wirst du bereuen! Du bist tot. Ihr seid alle tot!" wimmerte José, dann war er verschwunden.

„Was soll mit ihm geschehen?" Franco sah seinen Herrn fragend an.

„Es wird gleich ein Commissario Leonardo-Silvero kommen. Ihm übergebt ihr José. Alles Weitere ist seine Sache."

Franco verbeugte sich und verließ ohne ein weiteres Wort den Raum.

„Es tut mir leid", sagte Don Francesco.

„Das braucht es nicht." Don Martinez stand am Fenster und blickte in den großen Garten: „Ich habe versucht, ihn nachzuempfinden, aber es ist nicht derselbe", sagte er mit Wehmut in der Stimme.

„Auch ich erinnere mich oft an die Zeit im Sternenhaus. Es war eine schöne Zeit."

„Ja. Warum mußte sie so enden?"

„Wer weiß, mein Freund. Es gibt Dinge zwischen Himmel und Erde, die von anderen gelenkt werden. Wir sind nur die Werkzeuge."

„Ich bewundere deine Einstellung. Ich habe dich gemieden all die Jahre, weil ich dich verantwortlich gemacht habe, für ihren Tod. All die Jahre."

„Und ich habe dich gehasst, weil ich dachte, daß du..." Don Francesco schwieg betroffen.

Don Martinez drehte sich um und legte die Hände auf die Schultern seines Gegenüber: „Ich hätte an deiner Stelle genauso gedacht und ich, ich...", er machte eine Pause, „ich hätte meinen Hass anders gezeigt als du!" Dann zog er Don Francesco an sich, der keinen Widerstand leistete und beiden Männern standen die Tränen in den Augen.

„Habt ihr nicht gesagt, es ist gleich um die Ecke?" Andreas fröhlicher Gesichtsausdruck war lange verschwunden und der schnelle Schritt vom Anfang war eher schleichenden Bewegungen gewichen. Sein Hemd war durchgeschwitzt und der Schweiß lief über sein ganzes Gesicht. Den Kontakt zu den anderen hatte er längst verloren. „Vielleicht hätte ich fragen sollen, um welche Ecke!" stöhnte er. Mit einem „Puh!" ließ er sich auf eine flache Mauer sinken und schaute auf den staubigen Boden. „Ja, danke der Nachfrage, es geht mir besser. Noch besser ginge es mir allerdings, wenn man hier irgendwo etwas Trinkbares fände. Ich sehe schon die Schlagzeile vor mir: Tourist verdurstet aufgefunden - wer kennt das ausgetrocknete Opfer!"

Andreas hörte ein Kichern und schaute auf: um ihn herum standen mehrere Kinder im Alter von sechs bis zehn Jahren und sahen ihn interessiert an. „Ja, da schaut ihr. Sowas habt ihr noch nicht gesehen, oder?" Alle kicherten. „Ihr versteht kein Wort von dem, was ich sage, stimmt´s?" Das Kichern wurde stärker. „Ich bin ein Werwolf und ich fresse kleine Kinder!" Andreas hob den gesunden Arm, als wenn er nach ihnen greifen wollte. Das fanden sie noch lustiger. „Na toll, jetzt glauben sie, du willst mit ihnen spielen. Gut gemacht."

Andreas stand auf und schleppte sich weiter die Straße hinauf; gefolgt von einem stetig wachsenden Pulk fröhlicher Kinder. Von Thomas und den anderen war weit und breit nichts zu sehen. „Hätte ich mal nicht gesagt: Geht ruhig vor, ich komme nach! Na, wenigstens bin ich nicht mehr alleine." Er schaute auf die Kinderschar: „Na, ihr kleinen, nervenden, popelfressenden Schreihälse, wollt ihr mich begleiten?" Er hob den Arm und drehte sich hopsend im Kreis. Alle kreischten vor Freude und machten ihm die Bewegung nach. Andreas gab auf und erzählte im Weitergehen seine Lebensgeschichte. Jedesmal wenn er den Arm dabei hob, machten es ihm die Kinder nach und johlten und kreischten dabei, während sie sich drehten.

„Das glaub´ ich jetzt nicht", Susannes Stimme klang, als wenn sie einen Geist gesehen hätte, „kommt schnell, da!"

Thomas und Nicole waren vom Straßenrand aufgesprungen und zu Susanne an die Balustrade getreten, die ihn säumte. Sie folgten ihrem ausgestreckten Arm. An dessen Ende entdeckten sie, etwa drei Wegeschleifen unter sich, einen Pulk von Personen, der sich laut lärmend langsam nach oben bewegte. Das meiste schienen Kinder zu sein. Im vorderen Teil ragte eine Gestalt aus dem Rest hervor. Sie trug eine helle Schirmmütze:

„Das mit der Mütze ist Andreas, nicht?" fragte Thomas irritiert.

Die drei hatten beschlossen, eine Pause zu machen und auf Andreas zu warten, der im Laufe der Zeit immer weiter zurückgeblieben war. Diese Lösung fanden sie besser, als mit ihm zusammen langsam den Aufstieg durchzuführen und sich sein permanentes Gejammer anzuhören.

„Ja, aber was ist das andere da alles?" Nicole sah Thomas fragend an.

„Sieht aus wie Kinder!" sagte Thomas.

„Ja, aber was machen die da alle bei ihm?" Susanne sah die beiden anderen an. Die zuckten nur mit den Schultern.

„Setzen wir uns, warten, bis er da ist und fragen ihn dann", meinte Thomas und ließ sich wieder am Straßenrand nieder.

Zwanzig Minuten später traf die Menschenmenge bei den drei Wartenden ein.

„Und das sind meine Freunde, die fressen kleine Kinder genauso gerne wie ich! Besonders die mit langen Hosen", sagte Andreas und hob den Arm. Nicole, Susanne und Thomas schauten ihn hilflos an. „Ihr müsst das jetzt auch machen, das ist so eine Art Geheimzeichen", sagte er und hob erneut den Arm.

„Jetzt ist er ganz durchgedreht!" sagte Thomas, „die Hitze ist zu viel für ihn gewesen. Wir hätten ihn doch zu Hause lassen sollen. Im Ernst…", versuchte Thomas es noch einmal, „was hast du nun wieder angestellt?"

„Gar nichts", sagte er niedergeschlagen. „Ehrlich!" fügte er hinzu, als er die ungläubigen Blicke der anderen sah: „Ich habe auf einer Mauer gesessen und auf einmal waren sie da. Ich wollte sie verscheuchen, das fanden sie komisch. Dann bin ich los und sie hinterher und es wurden immer mehr. Sie verstehen kein Wort von dem, was ich sage. Das ist gut, ich konnte mir meinen ganzen Frust von der Seele reden. Das einzig Dumme ist nur: ich werde sie nicht mehr los. Da, passt auf!" Er hob wieder den Arm und alle taten es ihm gleich und drehten sich kreischend im Kreis. „Wie im Zirkus, nicht!"

Susanne und Nicole mussten lachen und auch Thomas konnte sich ein Grinsen nicht verkneifen.

„Andreas und seine kleinen Ungeheuer! An dir ist ein Pädagoge verloren gegangen", sagte er.

„Ha ha! Könnt ihr mir nicht helfen, irgendwie?" Er schaute seine Freunde flehend an und hob dabei wieder den Arm. Die drei grinsten.

„Wenn du uns versprichst, heute nicht mehr über die Länge des Weges, die Hitze oder sonst irgendetwas anderes deine dummen Kommentare abzugeben, dann ließe sich da vielleicht etwas machen", sagte Nicole.

„Ich verspreche es", sagte Andreas und hob zur Bekräftigung den Arm. Die Kinder taten es ihm gleich.

„Da, seht ihr! Bitte!"

„Na, dann wollen wir ihn mal erlösen." Nicole sagte ein paar Worte in Spanisch zu den Kindern und sie folgten ihr einige Schritte weiter, wo sie eine ganze Weile mit ihnen sprach und dabei immer wieder auf Andreas zeigte. Dann kehrte sie zu den anderen zurück. Die Kinder setzten sich an den Straßenrand und schauten mit leuchtenden Augen zu Andreas.

„Was hast du ihnen gesagt?" wollte er wissen.

„Das erzähle ich dir später. Nur so viel: Ein Zeichen von mir und sie sind wieder bei dir. Also: denk´ an dein Versprechen!"

„Erpressung, das ist Erpressung!"

„Andreas!" Susanne funkelte ihn an.

„Schon gut, kommt. Je eher wir da sind, je eher sind wir auch wieder zurück."

„Ganz deiner Meinung, also los!" Nicole ging schnellen Schrittes voran und keine halbe Stunde später hatten sie das kleine Haus erreicht, in dem Conchita und ihre Familie wohnten.

„Es sieht nicht so aus, als wäre jemand zu Hause", sagte Susanne, die durch eines der kleinen Fenster versucht hatte, in das Innere zu schauen.

„Die Tür ist verschlossen", sagte Thomas.

„Vielleicht haben die Nachbarn etwas gesehen, ich werde mal mein Glück versuchen." Nicole ging zum übernächsten Haus, vor dem eine alte Frau auf einer noch älteren Bank saß.

Thomas lief in die andere Richtung, wo zwei Kinder im Staub der Straße Steine hin und her schoben.

Andreas und Susanne setzten sich auf die Türschwelle. Sie hätten sowieso niemanden befragen können.

„Was meinst du, was hier passiert ist?" wollte Susanne wissen.

„Ich könnte mir jetzt wieder eine meine haarsträubenden Theorien ausdenken, aber ehrlich gesagt: Keine Ahnung. Alles ist sehr merkwürdig."

Susanne nahm seine Hand und drückte sie leicht: „So gefällst du mir viel besser", sagte sie.

Andreas sah sie fragend an.

„Wenn du du selbst bist und nicht versuchst, irgendjemand anders zu sein."

Andreas lächelte. Sein Blick glitt über Susannes Gesicht und langsam näherte er sich ihm.

„Es ist zum Verzweifeln!" Susanne und Andreas zuckten zusammen und blickten in Nicoles Gesicht. „Keiner hat etwas gesehen. Seit Conchita das Haus verlassen hat mit den Kindern ist niemand hier gewesen."

„Na, was erfahren?" Thomas hatte sich zu den anderen gesellt.

„Nichts. Und du?"

„Wie man´s nimmt." Die anderen horchten auf.

„Nun erzähl schon", sagte Andreas.

„Die beiden Jungen haben oft mit Maria und den anderen Kindern von Conchita gespielt und beim letzten Mal hat ihnen Cassiopeia erzählt, daß sie und ihre Puppe bald wegziehen."

„Hmm", Nicole wirkte nachdenklich, „das heißt, sie hat es gewusst."

„Richtig!" rief Susanne, „und das heißt…"

„…sie sind nicht entführt worden!" vollendete Andreas den Satz.

„Oder: Sie wußten nicht, daß es eine Entführung ist", dämpfte Thomas den Überschwang der anderen.

Alle schwiegen. Sie hatten etwas Wichtiges erfahren und es half ihnen überhaupt nicht weiter.

„Gehen wir zurück. Hier können wir nichts mehr tun", sagte Andreas.

„Nein, nichts". Nicoles Stimme wirkte traurig. Sie nahm Thomas Hand und die beiden trotteten langsam die Straße hinunter. Susanne und Andreas folgten ihnen.

Als sie die Stelle erreichten, an der sie die Kinder zurückgelassen hatten, empfing sie lautes, vielstimmiges Geschrei.

„Die Kinder!" sagte Nicole, „die habe ich jetzt ganz vergessen!"

„Ich auch", sagte Andreas und hob dabei wieder den Arm. „Was hast du ihnen denn nun erzählt?"

„Gut. Du solltest es wissen, du bist ja schließlich der große Zauberer Lumbago."

„Der Lum was?"

„Der große Zauberer Lumbago. Ich habe ihnen gesagt, daß du gegen einen anderen, einen bösen Zauberer kämpfen mußt, der alle kleinen Kinder verzaubern will und daß du nur gewinnen kannst, wenn die Kinder ganz fest an dich glauben und an dich denken und an genau der Stelle warten, bis du wiederkommst."

„Das haben sie ja auch getan. Gut, dann sag ihnen, daß ich den bösen Zauberer besiegt habe und sie jetzt nach Hause gehen können."

Nicole zögerte.

„Was ist? Sag es ihnen, ich hebe auch noch ein paar Mal den Arm, wenn ihr wollt." Er tat es gleich mehrere Male.

„Das reicht jetzt", sagte Nicole, „da ist noch eine Kleinigkeit…"

„Was denn noch? Wen muß ich noch besiegen? Sag es mir und ich habe es sofort getan."

„Du mußt ihnen noch ihre Belohnung geben."

„Welche Belohnung?"

„Sie haben dir die Daumen gedrückt, du hast den bösen Zauberer dadurch besiegt und jetzt bekommen sie eine Belohnung dafür. Das hast du ihnen versprochen."

„Ich? Das hast DU ihnen versprochen!"

„Ja, aber in deinem Namen. Du erinnerst dich?" Nicoles Augen begannen zu funkeln.

„Schon gut", lenkte Andreas ein, „und, was wollen sie?"

„Was wollen Kinder? Spielzeug und Süßigkeiten."

„Ihr kleinen Quälgeister, ihr sollt eure Belohnung haben, aber dafür will ich auch noch was sehen!" sagte Andreas und bewegte sich weiter talwärts, alle paar Sekunden den Arm hebend.

„Vielleicht ist ihm das eine Lehre", sagte Nicole, als die drei ihm in angemessenem Abstand folgten.


„Das Leben geht wirklich manchmal seltsame Pfade", sagte Don Alfredo, der dem ausführlichen Bericht von Don Francesco über die Geschehnisse der letzten

Stunden interessiert gelauscht hatte.

„Du sagst es, Alfredo, du sagst es." Francesco schwenkte sein leeres Glas vor sich.

„Entschuldige", Don Alfredo griff nach der halbleeren Karaffe und schenkte den beiden nach.

„Ja, Alfredo, all die Jahre dachte ich, er hätte den Tod von Marias Familie zu verantworten. Dabei ist er daran genauso unschuldig oder schuldig wie wir beide." Don Francesco starrte ins Leere.

„Alles sprach dafür, Francesco, jeder vernünftige Mensch hätte diesen Schluss gezogen. Auch Cassiopeia hat es getan, als sie Carmen versteckte."

Francescos Augen wurden feucht, als er an seine ältere Schwester dachte, deren Namen Conchitas jüngere Tochter trug: „Ja, die Gute! Ich weiß noch, wie glücklich sie gewesen ist, als sie Santiago geheiratet hat."

Don Alfredo sah ihn überrascht an: „Dieser Name, Francesco! Wie lange habe ich ihn nicht mehr gehört."

„Nie wieder wollte ich ihn aussprechen, nie wieder. Aber…"

„Ich verstehe dich, Francesco. Was du mir erzählt hast, hat alles verändert. Es ist gut so."

„Wenn du es sagst. Er selber hat diesen Namen aus seinem Gedächtnis gestrichen, nachdem das mit Pilar…" Francesco machte eine Pause: „Ja, Pilar", sagte er dann und spuckte verächtlich auf den Boden neben sich. Josés Mutter, seine jüngere Schwester, war das genaue Gegenteil ihrer ältesten Schwester. „Pilar hat das alles zerstört durch ihre Intrigen. Keiner hat es gemerkt, bis es zu spät war. Sie zu verstoßen war ein Fehler, den wir alle bitter bereut haben. Hätten wir es nicht getan, hätten wir von diesem Bastard gewusst und hätten ihn kontrollieren können!" Er nahm einen langen Schluck und knallte das Glas auf den Tisch. „Wir haben noch nicht einmal gewusst, daß er existiert bis heute! Kannst du dir das vorstellen, Alfredo?" Don Francescos Atem ging keuchend vor Erregung.

Alfredo nickte nur. „Beruhige dich, Francesco, keiner hat es gewusst. Santiago hat die Trennung von Cassiopeia nie verkraftet. Als er Pilars Spiel durchschaut hatte, hat er sie verlassen. Daß sie ihre Schwangerschaft für sich behalten hat, passt zu ihr: Sie hat sich dieses kleine Geheimnis aufgespart für ihre Rache an der ganzen Familie."

„Ja, sie hat alles zerstört damit. Eine ganze Familie hat er ausgelöscht, dieser Bastard!" Wieder spuckte Francesco angewidert auf den Boden neben sich.

„Aber Carmen, sie lebt, Francesco! Ihre Kinder leben, sie ist glücklich jetzt. Das ist ein Wunder und wir sollten zufrieden sein und uns darüber freuen." Beide schwiegen eine Zeit lang.

„Aber José, er ist ein Risiko, so lange er lebt!"

„Er wird sie nicht finden, Francesco, er weiß nichts von ihr."

„Auch Santiago weiß es nicht."

„Du hast es ihm nicht gesagt?" Don Alfredo schaute seinem Gegenüber überrascht ins Gesicht, „es ist immerhin auch seine Nichte."

„Nein, so lange es José gibt… Nein, Alfredo, das ist mir zu riskant."

„Ich respektiere deine Entscheidung, auch wenn ich da anders denke. Es war sein Bruder, der mit deiner Schwester und ihren Kindern gestorben ist."

„Das ist dein gutes Recht, so zu denken, Alfredo."

„Und der Ring?"

„Der Ring, ja!" Francesco beruhigte sich langsam und seine Worte wurden ruhiger: „Santiago hat irgendwo eine Abbildung gesehen und Nachforschungen angestellt. Schließlich hat er ihn aufgespürt und seine

Vermutung hat sich bestätigt, daß es Cassiopeias Ring ist."

„Der Ring seiner ersten Frau?"

„Ja, der Ring meiner ältesten Schwester. Es ist verständlich, daß er ihn in seinen Besitz bringen wollte. Er hat ihn durch Mittelsmänner kaufen lassen und Pablo sollte ihn aus Europa hierher bringen. Leider hat José Wind davon bekommen. Er wußte nicht genau, worum es ging, aber es schien etwas sehr Wichtiges zu sein. So hat er versucht, das Paket abzufangen. Aber er hat ihn nie bekommen. Pablo hat ihn angeblich irgendwo verloren."

„Der arme Pablo, das war sein Todesurteil."

„Und das ausgerechnet Carmens Mann das andere Päckchen überbringen sollte, das ist kaum zu glauben!"

„Ja, Francesco und du warst dort, aber José war schneller. Zum Glück sind die Gringos dazwischen gekommen. Du mußt ihnen einen ganz schönen Schrecken eingejagt haben!"

„Das wollte ich auch. Und wenn nicht dieser Pablito aufgetaucht wäre, hätten sie mir das Päckchen auch gegeben."

„Jetzt ist es nicht mehr notwendig, nachdem dir Santiago erzählt hat, was es enthielt. Und nachdem wir nun wissen, daß auch er verhindern wollte, daß die Informationen in falsche Hände gelangen."

Don Francesco ließ den Kopf nachdenklich von der linken auf die rechte Schulter fallen: „Da kann ich dir nur zum Teil zustimmen", sagte er, „die Information befindet sich möglicherweise noch im Besitz der Gringos und könnte so doch noch in falsche Hände gelangen!"

„Du siehst mal wieder zu schwarz, Francesco. Selbst wenn sie sie hätten, sie können nichts mit dem Wortlaut anfangen und es ist mehr als sehr unwahrscheinlich, daß sie diese Verse an die richtige Stelle weiterleiten. Dazu wissen sie zu wenig."

„Sie wissen mehr als sie ahnen, und als wir denken, daß sie wissen, glaube ich." Don Francesco lehnte sich nachdenklich zurück. „Ich werde mich darum kümmern", sagte er nach einer Weile.

„Nein, Francesco, überlass das mir." Francesco schien nicht begeistert von der Idee seines alten Freundes. „Bitte! Ich muß sowieso noch mit ihnen reden." Er machte eine Pause: „Habe ich dir eigentlich schon von gestern Abend erzählt?"

„Was war gestern Abend?"

Don Alfredo berichtete Don Francesco von der Begebenheit mit dem Ring. „Und dann habe ich die Beherrschung verloren! Ich könnte mich dafür ohrfeigen."

„Du warst zu überrascht."

„Verstehst Du, Francesco? Deshalb muß ich mit ihnen reden. Es wird Zeit für ein paar Entscheidungen. Sie haben Angst und wer Angst hat, wird gefährlich für uns."

„Da stimme ich dir zu, wir dürfen uns keine Fehler mehr leisten. Soll ich dir dabei helfen?"

„Nein, das muß ich alleine klären."

„Gut, dann überlasse ich das deinem diplomatischen Geschick und deinem Fingerspitzengefühl." Don Francesco lächelte.

Don Alfredo schwieg einen Augenblick, dann hellte sich sein Gesichtsausdruck auf: „Morgen!" Er lachte, „Ja, so machen wir es. Daß mir das nicht schon eher eingefallen ist! Noch einen Schluck?"

„Gerne, wenn du mir sagst, was dich so fröhlich gemacht hat!"

„Natürlich. Vielleicht kannst du mir doch behilflich sein. Willst du uns morgen Gesellschaft leisten bei einem Ausflug?"

„Einem Ausflug?"

„Ja, ich dachte, ich zeige den Gringos ein bißchen von unserer Gegend."

„Ich kenne dich lange genug, um zu wissen, daß du weißt, was du tust. Ich bin dabei."

„Sehr gut." Don Alfredo wirkte sehr zufrieden. „Also: auf uns und auf morgen!"

Die beiden ließen die Gläser klingen und sprachen von den alten Zeiten, bis Anna die Tür öffnete und nach den Anweisungen für das Abendessen fragte.

„Ist es denn schon so spät? Ja, die Zeit verfliegt!"

„Dann will ich deine Zeit für heute auch nicht länger in Anspruch nehmen. Es ist vielleicht besser, wenn ich deinen Gästen noch nicht jetzt begegne."

„Ja, das ist richtig." Don Alfredos Stimme klang so fröhlich, wie seit Tagen nicht mehr: „Warte einen Moment, alter Freund, dann begleite ich dich noch ein Stück."

„Wolltest du nicht mit deinen Gästen zu Abend Essen?"

„Ich habe etwas umdisponiert. Du wirst es verstehen. Morgen."

„Also, morgen", sagte Don Francesco nachdenklich, „ich bin sehr gespannt, was mich da erwartet." Dann wartete er, bis Don Alfredo Anna ihre Anweisungen gegeben hatte, nahm seinen Spazierstock mit dem goldenen Griff und die beiden verließen leichten Schrittes zusammen den Raum.


„Gut, daß ihr kommt!" Anna empfing Thomas und Nicole schon kurz hinter der Gartenpforte. „Wo sind denn die anderen?"

„Die kommen einen Moment später", sagte Nicole mit einem verschmitzten Seitenblick zu Thomas.

„Ja, das macht nichts. Ich soll den Herrschaften ausrichten, daß sich Don Alfredo für heute Abend leider entschuldigen lassen muß. Er hat einen wichtigen Termin und er muß noch einige Vorbereitungen für morgen treffen."

Nicole und Thomas sahen sich fragend an: „Er geht uns aus dem Weg!" sagte Thomas.

„Meinst du?"

„Die Herrschaften sollen ohne ihn speisen", fuhr Anna fort, „es ist alles vorbereitet, in einer Stunde. Morgen früh wird Don Alfredo dann mit den Herrschaften frühstücken und er bittet die Herrschaften, sich den Tag möglichst frei zu halten." Die beiden sahen sich erneut an. „Don Alfredo möchte einen Ausflug mit den Herrschaften unternehmen", beantwortete Anna die Frage, die in den Blicken gelegen hatte, „er wird morgen persönlich mit den Herrschaften darüber reden. Das ist alles." Anna verneigte sich leicht und verschwand im Haus.

„Verstehst du das?" Thomas wirkte nachdenklich.

„Meinst du, er plant irgendetwas?"

„Ich weiß es nicht."

„Was weißt du wieder nicht?" drang Andreas Stimme an Thomas Ohr.

„Also, Anna hat uns eben davon unterrichtet, daß Don Alfredo nicht mit uns zu Abend essen kann…"

„Er will sich drücken!" sagte Andreas.

„Das hat Thomas auch gesagt", sagte Nicole, „aber das glaube ich nicht. Was hätte er davon? Morgen früh ist er zum Frühstück da und will sogar einen Ausflug mit uns machen."

„Was will er?" Andreas sah erstaunt Thomas an, „davon hast du ja gar nichts gesagt!"

„Du hast mich ja auch gleich unterbrochen."

„Das ist allerdings richtig", pflichtete Susanne Thomas bei.

„Ja, er will uns zu einem Ausflug einladen, wenn wir wollen. Darüber will er beim Frühstück mit uns reden."

„Und vom Ring hat Anna nichts erwähnt?"

„Nichts."

„Einen Ausflug", Andreas Stirn kräuselte sich, „er will uns aus dem Haus haben, um in Ruhe unsere Sachen durchwühlen zu können!"

„Und warum hat er das bisher noch nicht getan?" Nicole sah ihn fragend an.

„Ja, warum…" Andreas Stirn kräuselte sich noch mehr, „dann will er uns irgendwohin bringen, um uns dann unauffällig verschwinden zu lassen!"

Susanne zitterte: „Das, das wäre doch gar nicht so unwahrscheinlich, oder?" sagte sie zögernd.

„Ihr seht wieder Gespenster!" Thomas Stimme wirkte nicht so überzeugt wie der Inhalt seiner Worte.

„Wir sollten das nicht ausschließen", meldete sich Nicole zu Wort.

„Und, was schlägst du vor?" Susanne sah ihre Freundin hoffnungsvoll an.

„Wir könnten uns teilen."

„Teilen?" Andreas Blick zeigte einen seiner Lieblingsausdrücke: Unverständnis.

„Ja, wir könnten ihm erzählen, daß Susanne eine Verabredung mit Antonio hat…"

„Wie, Susanne soll sich nochmal mit dem Kerl treffen?" sagte Andreas entrüstet.

„Würde dich das denn stören?" Susanne sah ihn erwartungsvoll an.

Ehe er antworten konnte, sagte Nicole: „Sie muß sich ja nicht wirklich mit ihm treffen, aber es wäre ein guter Grund, weshalb Susanne nicht an dem Ausflug teilnehmen könnte. Er weiß, daß du hier jemanden kennengelernt hast."

„Das stimmt", sagte Thomas, „auf diese Weise hätte er nicht uns alle bei sich und falls er wirklich etwas plant, müsste er unser Verschwinden erklären."

„Und das wird noch schwerer für ihn, wenn ich auch nicht mitfahre." Andreas strahlte.

„Wie, du auch nicht? Du willst dich drücken, alter Angsthase!" sagte Thomas.

„I wo, ich will nur Susanne nicht alleine mit diesem Antonio herumziehen lassen. Das wird man bestimmt verstehen."

„Andreas…"

„Laß ihn doch", Nicole lächelte Thomas an, „dann gehen wir eben alleine."

„Gut. Beschlossen. So machen wir es und nun, auf, auf zu den kulinarischen Genüssen!"

„Andreas", Susanne strahlte über das ganze Gesicht, „du sprichst mir aus…"

„…dem Magen", sagte Thomas. „Dann lasset uns gehen und die vergifteten Speisen genießen!" fügte er grinsend hinzu.

„Du kannst einem auch alles vermiesen", maulte Susanne und zog mit Andreas an den anderen beiden vorbei Richtung Speiseraum. Dort wartete wie jeden Abend ein fürstliches Mahl auf sie. Mit den Mengen, die Susanne und Andreas an diesem Abend zu sich nahmen, hätte man eine ganze Armee vergiften können. „Wenn ich schon sterben muß, dann lieber so, als in irgendeiner Schlucht zu verschwinden", sagte Susanne schmatzend, als Thomas an die mögliche Gefahr erinnerte. Andreas stimmte ihr kauend zu, was man aber nur anhand der Kopfbewegung sehen konnte, denn, was aus seinem Mund an Lauten kam, war beim besten Willen nicht mehr zu verstehen.

# Sonntag, 19. April

„Woran denkst du?"

„Ich…" Thomas schaute Nicole an, die ihren Kopf in seinen Schoß gelegt hatte.

Es war weit nach Mitternacht und die beiden saßen auf der steinernen Bank in dem kleinen Vorgarten. Irgendwo in der Nähe zwitscherte ein Vogel, ab und an drangen Geräusche von den umliegenden Straßen zu ihnen. Ansonsten war es still. Die Nacht war warm und der Himmel klar.

„Was meinst du", sagte sie, „gibt es da oben irgendwo Leben so wie hier?"

„Da oben? Vielleicht."

„Was, wenn Andreas ausnahmsweise mal Recht hat?"

„Du meinst mit dem Ausflug?"

„Ja."

„Daran habe ich auch einen Moment gedacht. Ich glaube aber, daß er sich irrt."

„Aber, wenn er doch…"

„Dann…", Thomas schwieg.

„Dann, was?"

„Dann sollten wir die Zeit hier umso mehr genießen und nicht über das nachdenken, was heute noch mit uns passieren könnte!"

Nicole lächelte und legte ihre Arme um seinen Hals.


„Na, ihr seht ja vielleicht aus!" empfing Andreas Stimme Nicole und Thomas am Morgen beim Frühstück, „habt ihr die Nacht durchgemacht? Richtig so, könnte ja die letzte gewesen sein."

Thomas warf ihm einen nicht sehr freundlichen Blick zu. Andreas und Susanne schienen schon einige Zeit mit dem Zuführen von Nahrung beschäftigt zu sein.

„Schetzt eusch, is nu f al a!"

„Danke Susanne", sagte Nicole.

„Was hat sie gesagt?" Thomas sah Nicole an. „Hast du sie etwa verstanden?"

„Nein, natürlich nicht!" Beide grinsten und setzten sich zu den anderen.

„Wo ist Don Alfredo?" wollte Thomas wissen.

„Kommt noch!" sagte Andreas kurz.

„Musch no wa ledgn!" ergänzte Susanne.

„Gib es auf, Thomas", sagte Nicole, „aus den beiden bekommst du nichts raus, bevor das Frühstück beendet ist."

„Dann wollen wir mal unseren bescheidenen Beitrag dazu leisten", sagte er und griff sich das letzte Brötchen, das er in zwei Teile schnitt. „Da", sagte er und legte die eine Hälfte auf Nicoles Teller, „ich teile das üppige Mahl mit dir!"

„Mein Dank ist dir ewig gewiß, edler Ritter!"

„Nöhmm!" Susanne ruderte mit beiden Armen, „das war das Letzte!"

„Sei nicht so", sagte Andreas, „es könnte schließlich ihre Henkersmahlzeit sein!"

„Ihr wandelt nahe am Abgrund!" Thomas Stimme klang recht ärgerlich, „erzählt lieber endlich, warum Don Alfredo nicht hier ist!" Thomas sah Andreas und Susanne auffordernd an.

„Da gibt es nicht viel zu erzählen", sagte Andreas, „wir kamen vorhin in den Speiseraum, Anna war da und bat uns, Platz zu nehmen. Sie hat Don Alfredo wieder entschuldigt. Er hätte noch ein Gespräch mit einem guten Freund und käme dann nach dem Essen. Das war alles. Jedenfalls, so haben wir es verstanden."

„Ja, das war alles", stimmte Susanne zu.

„Eine Zeit hat sie nicht gesagt?" wollte Nicole wissen.

„Nein, oder?" Susanne schaute Andreas an.

„Nein, hat sie nicht. Wir möchten doch warten, bis er kommt."

„Na, dann warten wir eben." Thomas lehnte sich zurück.

„Wartet ihr", sagte Andreas.

„Wie, ihr?" Nicole sah Andreas an.

„Erinnert ihr euch nicht mehr, was wir gestern besprochen haben?" Er schaute die beiden an: „Susanne und ich haben ein Date mit Antonio. Schon vergessen?"

„Nein", sagte Thomas, „und wann habt ihr eure Verabredung?"

„Oh, bald, wir müssen sofort los. Leider", sagte Andreas im Aufstehen.

„Ja, leider", sagte Susanne, die sich ebenfalls erhob.

„Wenn ihr uns bitte bei Don Alfredo entschuldigen wollt. Es tut uns so furchtbar leid."

„Das merkt man! Raus mit euch, bevor ich es mir anders überlege und es euch wirklich leid tut!"

„Bis später denn!" Andreas verschwand hinter Susanne durch die Tür. Einen Moment später steckte er noch einmal kurz den Kopf in den Raum und sagte grinsend: „Vielleicht!"

„Dieser miese, kleine…"

„Reg dich nicht auf, Thomas." Nicole legte ihre Hand auf seine Schulter: „Du wirst sehen, wir haben einen wunderschönen Tag vor uns und Andreas und Susanne wird es ewig leid tun, daß sie sich gedrückt haben!"

„Ich hoffe, du irrst dich nicht!" sagte Thomas wenig überzeugt.

Dann saßen sie schweigend im Speiseraum und

warteten.

**D**on Alfredo ging schnellen Schrittes durch die sich langsam mit Leben füllenden Gassen. Immer wieder grüßten ihn die Menschen, die ihm begegneten; er war sehr bekannt und sehr geachtet in diesem Teil der Stadt. Sein Schritt beschleunigte sich immer mehr. Er war spät dran. Das, was er noch zu erledigen gehabt hatte, hatte mehr Zeit in Anspruch genommen, als er ursprünglich gedacht hatte. Er war müde, doch er war zufrieden mit sich, sehr zufrieden. Er war selten in seinem Leben so sicher, das Richtige getan zu haben. Gewiß, dachte er bei sich, sein Vorgehen würde noch einige unangenehme Wortwechsel mit Francesco zur Folge haben. Aber das war ihm im Augenblick gleichgültig: Er fühlte sich leicht und befreit.

Noch vor Anbruch der Nacht hatte er das Haus verlassen und einem alten Bekannten einen Besuch abgestattet, dem er sich noch einen Tag vorher unter keinen Umständen genähert hätte.

„Sagt Don Martinez, Don Alfredo Ameche wünscht ihn zu sprechen!" hatte er mit fester Stimme in die Sprechanlage am Tor gesagt. Einige Sekunden danach hatte es sich geöffnet und nach einem kurzen Zögern war er entschlossen den Weg bis zum Haus hinauf gegangen.

Zu seiner Überraschung wurde er nicht von einer Handvoll von Don Martinez Männern empfangen: Santiago stand alleine im letzten Abendlicht vor dem großen Haus.

„Alfredo!" hörte er eine bekannte Stimme aus der Vergangenheit sagen, in der nichts von Groll oder Ärger zu spüren war. Es klang so, als wenn ein Vater seinen verlorenen Sohn nach langer Zeit wiedersah. Don Martinez ging auf Don Alfredo zu und reichte ihm beide Hände zur Begrüßung: „Alter Freund, schön, dich zu sehen. Laß dich anschauen: Ganz der Alte!" Er legte seinen rechten Arm um die Schulter des verdutzten Don Alfredo und zog ihn mit sich: „Komm", sagte er, „gehen wir hinein. Drinnen ist es gemütlicher. Warst du schon einmal hier?" Er schaute Alfredo an und beantwortete die Frage selbst, bevor der etwas sagen konnte: „Nein, welch dumme Frage! Natürlich nicht. Ich werde dir alles zeigen. Komm!"

Er öffnete die Tür des Hauses und schickte mit einem Wink die beiden Leibwächter weg, die drinnen gewartet hatten. „Franco!" rief er, „Franco! Möchte nur wissen, wo der Kerl schon wieder steckt", sagte er entschuldigend zu Don Alfredo. „Ah, da bist du ja endlich!"

Eine Tür hatte sich geöffnet und Franco war mit zwei anderen von Don Martinez Männern erschienen. Alle drei wirkten nicht sehr freundlich. Don Alfredo fühlte sich unwohl und überlegte einen Moment, ob er seine rechte Hand sicherheitshalber der Waffe in seiner Tasche annähern sollte. Aber er verwarf diesen Gedanken sofort wieder und beschloß, sich in sein Schicksal zu fügen, was immer es ihm auch bringen mochte.

„Franco, das ist Don Alfredo Ameche. Ein sehr alter und sehr guter Freund von mir. Ich möchte, daß du ihm den gleichen Respekt entgegenbringst, wie mir."

Franco machte eine leichte Verbeugung in Richtung von Don Martinez und wandte sich dann Don Alfredo zu:

„Don Alfredo", sagte er und verneigte sich, „zu ihren Diensten."

„Danke, Franco", sagte der etwas irritierte Don Alfredo.

„Und jetzt", Don Martinez Stimme wurde kühler, „möchte ich nicht mehr gestört werden, solange mein Gast im Hause ist!" Franco nickte und zog sich mit den anderen zurück. „Ah, es ist nicht leicht heutzutage, gute Leute zu bekommen!" sagte Don Martinez.

„Wem sagst du das!" bestätigte Don Alfredo.

„Hier, komm", Don Martinez schob seinen Gast in einen Raum, dessen Wände mit edlem dunklen Holz getäfelt waren und in dem sich ein kleiner Tisch mit zwei sehr bequem wirkenden Sesseln befand. Die Wände waren zum Teil mit Regalen, zum Teil mit Bildern bedeckt. In den Regalen standen unzählige alte Bücher. „Setz dich", sagte Don Martinez und zeigte auf den einen der beiden Sessel. „Bist du noch immer für einen guten Brandy zu haben?"

„Das hast du nicht vergessen?"

„Es gibt Dinge, die vergisst man nicht, Alfredo."

Don Alfredo schaute ihn an. Ihm war, als hätte er in den letzten Worten etwas Wehmut vernommen. „Ja, deshalb bin ich hier", sagte er und nahm sein gefülltes Glas.

Don Martinez hatte nun auch Platz genommen und hielt sein Glas ebenfalls in die Höhe: „Auf die Erinnerungen - die guten und die anderen!"

„Auf die Erinnerungen!" Beide tranken.

„Ah, das tut gut." Don Martinez stellte sein Glas ab: „Und nun, erzähle, was hat dich hergeführt!"

Don Alfredo holte tief Luft, dann begann er: „Du kannst dir denken, daß ich weiß, was in den letzten Tagen und gestern geschehen ist." Don Martinez nickte. „Und du kannst dir auch denken, daß ich über einige Dinge genauso überrascht gewesen bin wie du und Francesco." Wieder nickte Don Martinez. „Ich weiß nicht, wo ich anfangen soll und wie ich es dir am besten schonend beibringen kann, also sage ich es einfach, wie es ist: Eine deiner Nichten lebt!"

Eine bleierne Stille lag für mehrere Minuten in dem Raum:

„Nein, das kann nicht sein!" sagte Don Martinez fast tonlos. „Sie sind tot! Alle. Tot." Er stand auf. Sein Gesicht war weiß wie die meisten Mauern an den Straßen. „Du mußt dich irren."

„Nein, Santiago."

„Dieser Name, Alfredo!"

„Entschuldige, bitte, ich vergaß."

„Nein, es ist gut so. Ich habe ihn vermisst, Alfredo."

Don Martinez sah seinen alten Freund lange an. Dann sagte er: „Du mußt dich irren. Ich habe sie gesehen, alle. Es war schrecklich. Das kann keiner überlebt haben. Es ist nicht möglich. So hoffnungsvoll dieser Gedanke ist – es ist unmöglich!"

„Sie war nicht im Haus damals. Cassiopeia hat sie versteckt. All die Jahre, bis zu ihrem Tod hat sie ihr Geheimnis für sich behalten."

Don Martinez stand mitten im Raum, sein ganzer Körper zitterte: „Wieso?" krächzte er. „Wieso?"

„Sie hatte Angst um das Leben des Kindes. Sie hatte Angst, daß der Kleinen dasselbe passiert, was dem Rest ihrer Familie wiederfahren ist."

„Du hast es gewusst?"

„Nicht gleich, erst, als sie merkte, daß es mit ihr zu Ende geht, hat sie mir ihr Geheimnis verraten. Ich mußte ihr auf dem Sterbebett versprechen, es niemandem zu sagen, außer Francesco."

„Cassiopeia!" Don Martinez ließ sich auf die Knie fallen: „Was habe ich getan", schluchzte er, „mein Gott, was habe ich nur getan!" Tränen rannen über seine Wangen und seine Hände krallten sich in den Teppich auf dem Boden. „Wird sie mir je verzeihen können?" er begrub sein Gesicht in seinen Händen.

„Sie hat dir verziehen, Santiago."

Don Martinez hob den Kopf: „Wie konnte sie? Woher weißt du?"

„Sie hat es mir gesagt. Ihre ganze Liebe hat dir gehört. Immer."

„Ich weiß, Alfredo, ich weiß. Ich wußte es immer und trotzdem habe ich das alles getan und das alles zugelassen." Don Martinez hockte in sich zusammengesunken wie ein Häuflein Elend vor Don Alfredo und schlug mit den Fäusten auf den Boden.

„Ich glaube, es ist besser, wenn ich dich eine Weile alleine lasse, Santiago."

„Nein! Alfredo!" ein flehender Blick traf Don Alfredo, der sich erhoben hatte. „Bleib! Bitte, bleib!" Don Martinez streckte ihm seine Hand entgegen: „Hilf mir auf, bitte." Don Alfredo reichte ihm die Hände. „Danke, Alfredo, danke. Gib mir eine Minute." Don Alfredo nickte.

Santiago blickte auf eine der Wände und Alfredo sah erst jetzt, was auf dem Bild dort abgebildet war: Santiago und Cassiopeia in Lebensgröße an ihrem Hochzeitstag. Santiagos Finger glitten über das Bild: „Caspia! Oh, Caspia!" murmelte er. Dann wandte er sich zu Don Alfredo: „Wer, Alfredo, wer hat überlebt?"

„Carmen Elena."

„Carmen! Nein, Alfredo, nein. Das wäre…" Don Martinez sackte in sich zusammen und kniete nun vor dem Bild auf dem Boden. Tränen liefen ihm über das Gesicht. „Die kleine Carmen", sagte er und schaute auf das Bildnis seiner ersten Frau: „Warum hast du mir nichts gesagt? Cassiopeia, warum?"

Don Alfredo saß still in seinem Sessel und wäre am liebsten irgendwo anders auf der Welt gewesen.

Solange er Santiago kannte, kannte er ihn als die Beherrschung in Person. Viele sagten ihm eine gewisse Gefühlskälte nach. So hatte er ihn nie erlebt, außer am Tage seiner ersten Hochzeit vielleicht. Die Stimme von Don Martinez riß Don Alfredo aus seinen Gedanken.

„Wie geht es ihr? Was tut sie?" Santiago stand nun direkt vor ihm und seine Augen sahen ihn flehend an.

„Langsam, Santiago, langsam. Sie lebt, das heißt, sie lebte bisher in einem der Viertel in den Hügeln. Sie hat einen Mann und drei Kinder, bald vier..."

„Lebte?" unterbrach Santiago ihn.

„Ja, wir mussten sie wegbringen, Santiago."

„Wegbringen? Weshalb? Wo ist sie jetzt? Geht es ihr gut?"

„Das ist eine längere Geschichte."

„Ich will sie hören, Alfredo, ich will alles hören."

Und Alfredo erzählte und erzählte und die Zeit verstrich. Minute um Minute. Stunde um Stunde. Santiago hatte tausend Fragen, er sog jedes Wort in sich hinein und je mehr er hörte, je mehr schien das Leben in ihn zurückzukehren.

„Ich muß zu ihr! Ich muß mit ihr reden", sagte er schließlich.

„Nein, Santiago, nein. Es ist noch nicht die Zeit!"

„Es ist schon viel zu viel Zeit sinnlos verschwendet worden, Alfredo!"

„Wir müssen sie vorbereiten, langsam. Sie erinnert sich nicht an alles. Zum Glück." Alfredo sah ihn flehend an.

„Ja, langsam, behutsam. Ich will nicht wieder alles zerstören." Er schluckte: „Darf ich sie wenigstens sehen?"

„Ich weiß nicht", Alfredo zögerte, „Francesco weiß nichts von meinem Besuch. Ich weiß nicht, wie er reagiert, wenn ich es ihm sage. Wenn ich ihm dann noch erzähle, daß du Carmen sehen willst."

„Du könntest ihr sagen, ich bin ein alter Freund der Familie, der lange weg war. Bitte."

„Ich gebe dir Bescheid, wenn ich mit Francesco darüber gesprochen habe."

„Ja, tu das. Ich danke dir, Alfredo."

„Danke mir nicht zu früh! Ich habe noch nicht `ja´ gesagt."

„Ich weiß, Alfredo, ich weiß. Conchita, sie heißt jetzt Conchita! Die kleine Carmen. Es ist unbegreiflich, unbegreiflich." Don Martinez war hin- und hergerissen zwischen seinen Gefühlen.

„Ich muß los, Santiago, verzeih."

„Natürlich, natürlich. Franco wird dich hinausbegleiten, wenn es dir nichts ausmacht. Ich muß noch ein bißchen hier bleiben."

„Das verstehe ich sehr gut, Santiago." Don Alfredo verließ den Raum und ließ Santiago mit seinen Erinnerungen darin zurück.


„**U**nd, was machen wir nun?" Susanne ging neben Andreas die kleine Straße hinunter, die sie zur Hauptstraße führte.

„Uns einen schönen Tag", sagte Andreas, „wir machen uns einen schönen Tag: Was leckeres Essen, kalte Getränke, in der Sonne liegen und einfach das Leben genießen!"

„Und, wo machen wir das alles?" fragte Susanne neugierig.

Andreas setzte sein Na-das-habe-ich-alles-schon-ganz-genau-durchgeplant-Gesicht auf und blickte strafend zu Susanne: „Natürlich habe ich mir das alles ganz genau überlegt! Es gibt da so eine Art Vergnügungspark, habe ich gelesen, soll supergenial sein! Hilde war mit ihrem Mann da. Sie meinte, da könne man ohne Weiteres mehrere Tage verbringen."

„Klingt nicht schlecht, edler Ritter!" flötete Susanne in der Art, wie es sonst Nicole zu tun pflegte und hakte sich wieder bei Andreas ein: „und was für Hilde und ihr Gefolge gut ist, ist es auch für mich und meinen Hofstaat! So führet mich denn dorthin auf dem schnellsten Wege!"

„Euer ergebener einarmiger Diener!" äffte Andreas Thomas nach und grinste dabei über das ganze Gesicht. Fröhlich liefen die beiden die breite Straße hinunter zu dem kleinen Busbahnhof.


„Franco!" Don Martinez Stimme donnerte durch den Raum und das ganze Haus.

Der Schall war noch nicht verhallt, als Franco die Tür aufriss: „Was gibt es, Don Martinez?"

„Ich habe einen Auftrag für dich. Kennst du die Bar von Guiseppe?"

„Dem Einarmigen?" Don Martinez nickte. „Kenne ich."

„Gut. Ich will, daß du einen deiner Leute dorthin schickst, dem du vertrauen kannst und den Guiseppe nicht kennt. Guiseppe darf nicht wissen, daß er von mir kommt. Verstehst du?"

„Klar, Don Martinez. Guiseppe soll nicht wissen, daß er von dir kommt."

Don Martinez sah Franco an und hatte seine Zweifel, daß er José jemals würde ersetzen können. Er bedauerte den Fortgang Josés als seine rechte Hand. Es war nicht zu ändern und im Augenblick mußte er Franco vertrauen. Franco war als kleiner Junge in seine

Dienste getreten. Seine Mutter, die bei Don Martinez in der Küche gearbeitet hatte, hatte ihn gebeten, etwas für ihn zu tun. Franco war nicht der Hellste, aber er würde für seinen Herrn durchs Feuer gehen, und das war zum jetzigen Zeitpunkt entscheidend.

„Also, Franco, dein Mann soll Guiseppe diesen Brief übergeben und dann in der Bar warten. Es wird einige Zeit dauern, bis eine Antwort kommt. Erst wenn er sie hat, verlässt er die Bar, geht zu dir zurück - du wartest mit ein paar Leuten ein paar Straßen weiter - und ihr kommt hierher zurück. Hast du alles verstanden, Franco?"

„Er gibt den Umschlag Guiseppe, wartet, bekommt eine Antwort und wir kommen zurück. Alles klar."

„Dann geh jetzt!" Franco verließ den Raum und Don Martinez starrte wieder auf das große Gemälde an der Wand, das ihn und seine erste Frau zeigte. „Auch wenn ich weiß, daß du es missbilligen würdest, Cassiopeia: Ich tue es für dich." Er schaute in ihr Gesicht: „Für dich und für Carmen - unsere Tochter!"


„**M**eine lieben Gäste, entschuldigt vielmals!" Mit einem Schwung war die Tür zum Speisezimmer aufgeflogen und hinein stürmte ein ziemlich übernächtigt aussehender Don Alfredo, der jedoch eine blendende Laune zu haben schien: „Ich wurde aufgehalten, Geschäfte, ihr versteht", sagte er entschuldigend ohne wirklich eine Antwort haben zu wollen. Beim Sprechen war er quer durch den Raum gestürmt und befand sich nun vor dem flachen Schränkchen, in dem die edleren Getränke lagerten: „Ihr werdet für das Warten reichlich entschädigt werden heute. Wo sind denn die anderen?" Er sah sich suchend in dem Raum um.

„Äh, Susanne und Andreas…" begann Nicole und wurde sofort von Don Alfredo unterbrochen:

„Ist ja auch egal, ihr seid da und wer nicht kommt zur rechten Zeit! Also: Darf ich euch zunächst etwas anbieten? Einen guten Brandy vielleicht?" Er bewegte Flaschen hin und her: „Oder einen exquisiten Sherry?"

Nicole sah Thomas fragend an: „Er will uns betrunken machen", flüsterte sie.

„Ach was", Thomas wischte die Worte mit einer Handbewegung weg, „und wenn schon? Dann bekommen wir wenigstens nicht mit, was mit uns passiert!"

„Wenn du es von der Warte her siehst", sagte Nicole und versuchte, sich ein Lächeln abzuringen. „Ich…", das nächste Wort blieb ihr im Halse stecken und sie mußte sich räuspern, „ich nehme einen Sherry, bitte."

„Sehr gerne Señorita." Don Alfredo schien erfreut über die Wahl.

„Und Sie, Señor Thomas? Einen Brandy?"

„Gerne, ja, Brandy ist gut." Thomas hätte ein kühles Pils bevorzugt, aber das behielt er lieber für sich.

Don Alfredo kehrte mit den gefüllten Gläsern an den Tisch zurück. „Auf den heutigen Tag und die Zufälle des Lebens!" sagte er und erhob sein Glas.

Nicole und Thomas taten es ihm gleich. Er leerte sein Glas in einem Zug und ließ es danach krachend an der Wand zerbersten. Seine beiden Gäste zuckten erschrocken zusammen und schauten sich ratlos an.

„Ach, das ist eine alte Tradition", sagte er erklärend, „wir machen das nicht immer, nur ab und zu, zu besonderen Anlässen."

„Und das ist so ein besonderer Anlass?" fragte Nicole und zwinkerte dabei unbemerkt Thomas zu.

Der verstand, worauf sie hinauswollte: „Was ist denn

so besonderes am heutigen Tag?"

„Die Gläser, meine Freunde, die Gläser!" Er zeigte auf die Gläser von Nicole und Thomas: „Es ist Tradition, alle Gläser oder keins!"

„Nun gut!" Thomas lächelte und warf dann sein Glas mit aller Kraft in die Ecke, in der das von Don Alfredo lag, wo es klirrend zersprang. Nicole zögerte noch. „Komm, es macht Spaß", sagte Thomas und lächelte sie an.

„Es ist ein schönes Glas und es widerstrebt mir innerlich!"

„Nicole, es ist Tradition!" betonte Thomas, „oder willst du unseren Gastgeber beleidigen - an einem so besonderen Tag?" Man sah deutlich, daß sie es nur widerwillig tat, aber schließlich flog auch das dritte Glas gegen die Wand, wo es mit einem dumpfen Aufschlag am Boden liegenblieb.

„Oh", entfuhr es Nicole, „es ist nicht kaputt. Ich muß es noch einmal versuchen."

„Nein, Señorita, keine Sorge", sagte Don Alfredo, der natürlich bemerkt hatte, daß es für Nicole kein besonderer Spaß gewesen war, „der Wille zählt. Und nun genug der Tradition." Er holte neue Gläser und füllte diese, „für den Moment jedenfalls", fügte er hinzu und setzte sich zu den beiden an den Tisch. „Reden wir über die Gegenwart. Reden wir über gestern."

Nicole und Thomas sahen sich an. Sie hatten erwartet, daß sie ihn mühsam auf das Thema des gestrigen Abends bringen mussten und er sich jedes Wort einzeln aus der Nase ziehen lassen würde. Nichts von dem war der Fall: Don Alfredo erzählte. Er erzählte von der Geschichte seiner Familie, die vor vielen, vielen Generationen als eine der ersten in diesen Teil des Landes gekommen war. Von anderen Familien, die mit ihnen kamen, die das Land urbar machten, ihm

Reichtum brachten. Er erzählte von den Feindseligkeiten untereinander, den Kämpfen und Intrigen. Und er erzählte ihnen von der besonderen Verbundenheit einiger Familien, deren Aufgabe es war, bestimmte Dinge zu bewahren, die nicht in die falschen Hände fallen durften, weil sie dort großen Schaden anrichten konnten. Er erzählte auch von den schwarzen Schafen, die es immer wieder in den einzelnen Familien gab und die Dinge taten, die gegen den Codex verstießen. Er sprach von Symbolen, an denen sich die Mitglieder der Familien erkannten, die ihnen bestimmte Dinge sagten, wenn man sie zu deuten wußte.

Nicole und Thomas saßen mit offenem Mund und lauschten gefesselt seinen Worten. Keine Zwischenfragen, keine Einwürfe. Sie hörten zu und staunten. Viele Ereignisse der letzten Tage ergaben für sie nun einen Sinn, Vieles war noch immer unter einem dichten Schleier verborgen. Mit jeder Antwort, die sie bekamen, wurden neue Fragen aufgeworfen.

Schließlich sagte Don Alfredo: „Und wie ihr sicherlich vermutet habt, gehöre ich zu einer dieser Familien und der Ring, den du", er zeigte auf Thomas, „gestern bei dir hattest, gleicht einem jener Ringe, die eine große Bedeutung für meine Familie haben."

Thomas schaute nach unten und fasste einen Entschluß: Er griff in seine Hosentasche, zog den Ring heraus und reichte ihn Don Alfredo. Der nahm ihn vorsichtig an sich und betrachtete ihn von allen Seiten. Seine Augen leuchteten:

„Wo…, woher hast du ihn wirklich?"

Thomas zögerte einen Moment, dann beschloß er, Don Alfredo die Wahrheit zu sagen.

Als er seinen Bericht beendet hatte, wirkten alle drei erleichtert. Don Alfredos Gesicht strahlte nun wieder die Ruhe aus, die man von ihm gewohnt war. Alles schien in Ordnung zu sein. Dann tat er etwas, womit weder Nicole noch Thomas gerechnet hatten: Er nahm den Ring und reichte ihn Thomas. Der wußte nicht so richtig, was er davon halten sollte.

„Nimm ihn", sagte Don Alfredo, „du hast ihn dir verdient. Ich weiß, daß er bei dir in guten Händen ist. Und, wenn du ihn jemand anderem schenken willst", er zwinkerte und schaute zu Nicole, „habe ich dagegen auch nichts einzuwenden."

Thomas Hände zitterten, als er den Ring wieder an sich nahm. „D…Danke, Don Alfredo", stotterte er.

„Nur eines mußt du mir versprechen." Thomas schaute auf. „Du darfst ihn nie verkaufen. Er muß in deiner Familie bleiben oder er muß zurückkehren."

„Das verspreche ich gerne", sagte er, „er wird in der Familie bleiben", fügte er hinzu und schaute dabei vorsichtig in Nicoles Richtung.

Die war genauso überrascht von allem wie Thomas und im Augenblick drehten sich in ihrem Kopf alle Gedanken wirr durcheinander. „Das Kreuz!" sagte sie auf einmal.

„Kreuz?" Don Alfredo sah sie an.

„Sie waren so ehrlich und so offen zu uns und der Ring, daß wir…", sie schaute nach unten und ihr Gesicht wurde dunkelrot, „ich meine, daß Thomas ihn behalten darf, daß ist so, so…"

„Schon gut, Señorita Nicole, schon gut", versuchte Don Alfredo sie zu beruhigen.

„Darf ich?" sagte Nicole und schaute Thomas an, der nur kurz nickte.

Und nun erzählte Nicole. Sie erzählte, wie sie Carlos gefunden hatten und was danach geschehen war. Sie erzählte von ihren Vermutungen und von ihren Ängsten und sie erzählte von dem Kreuz. Don Alfredo lauschte mit wachsender Erregung. Man sah ihm an, daß auch für ihn einige Dinge neu waren.

„Señorita Nicole, sie machen einen alten Mann überglücklich", sagte er schließlich. „Das werde ich ihnen nie vergessen und…", er machte eine längere Pause, „es gibt da noch jemanden, der es noch weniger tun wird als ich." Er erhob sich und ging auf eines der Regale zu. „Sie werden verzeihen, ich war nicht ganz offen, eine Kleinigkeit habe ich ihnen verschwiegen. Er drückte an einer Stelle auf das Regal und es schwang zur Seite. Hinter dem Regal befand sich ein kleiner Raum, aus dem nun eine männliche Gestalt heraustrat. Sie trug einen Spazierstock mit goldenem Knauf. Nicole und Thomas sahen sich erschreckt an. Ihre Körper erstarrten und sie waren nicht fähig, sich von ihren Stühlen zu erheben. „Das habe ich befürchtet", sagte Don Alfredo, „deshalb mußte ich euch die Gegenwart dieses Mannes verschweigen. Er hat alles mit angehört und er wird genauso denken, wie ich." Er sah Don Francesco an und der nickte nur kurz. „Komm näher, damit ich dich vorstellen kann", sagte Don Alfredo nun. „Das ist Don Francesco Getafe, mein ältester und bester Freund. Weggefährte in den schwersten und schönsten Tagen meines Lebens. Er ist der Sohn des Bruders meines Vaters und er ist der Bruder von Conchitas Mutter."

„Er ist ihr Onkel!" entfuhr es Nicole, die sich damit aus ihrer Erstarrung löste.

„Ja, Señorita", sagte Don Francesco. „Ich bedauere zutiefst, daß ich Ihnen und ihren Freunden so viele Unannehmlichkeiten bereiten mußte." Er trat an den Tisch: „Aber es gab gute Gründe und es war zu Ihrem Besten. Ich hoffe, sie verzeihen mir."

„Ja, natürlich, aber…" Nicoles Gehirn arbeitete fieberhaft.

„Lassen sie sich Zeit und nehmen sie noch einen

Sherry!" sagte Don Francesco. „Alfredo, würdest du?"
Alfredo nickte. „Und für mich und den jungen Mann
einen Brandy, bitte." Dann wandte er sich an Thomas:
„Sie bitte ich natürlich genauso, mir zu verzeihen."
Thomas nickte nur. „Sie werden beide noch viele
Fragen haben, sicher. Einige davon werde ich
beantworten können, einige werden sich in Luft
auflösen und einige müssen Fragen bleiben. Danke,
Alfredo." Don Francesco nahm sein Glas erhob es und
leerte es in einem Zug. Dann tat er das, was Nicole
befürchtet hatte: er warf es an die Wand, wo seine Teile
klirrend zu Boden fielen.

Die Limousine stoppte vor dem großen Haus. Die
Beifahrertür wurde aufgerissen und Franco stürmte mit
einer Zeitung in der Hand die Stufen zum Haus empor.
Ein paar Sekunden später stand er vor Don Martinez.
„So schnell habe ich dich gar nicht erwartet, Franco."
Franco keuchte noch etwas, aber sein Gesicht
strahlte, weil ihn sein Herr gelobt hatte. „Ich habe
Thomaso geschickt. Guiseppe hat ihm die Zeitung hier
gegeben!" Franco reichte sie Don Martinez, der sie
durchblätterte. Auf einer Seite schien etwas zu stehen,
was ihn interessierte. Seine Miene hellte sich auf:
„Es wird alles gut, Franco. Es wird alles gut." Franco
nickte höflich, obwohl er nicht so recht verstand, was so
Wichtiges in einer alten Zeitung stehen konnte. „Du
hast deine Sache gut gemacht. Nimm dir frei für heute."
Franco bedankte sich und zog sich zurück. „Du kannst
den Wagen haben!" rief ihm Don Martinez hinterher.
Dann nahm er sein halbgefülltes Glas vom Tisch und
prostete dem Gemälde zu: „Auf die alten Zeiten", sagte
er und warf das leere Glas an die Wand.

Eine gute Stunde war vergangen und in dem Speiseraum herrschte inzwischen eine familiäre Atmosphäre: Nichts war geblieben von den Ängsten und Anspannungen, die zuvor wie Blei in der Luft lagen. Don Alfredo plauderte mit Thomas über die Familiengeschichte und die Besiedelung des Landes. Don Alfredo schien eine wahre Lexikothek zu sein. Nicole pflegte eine angeregte Unterhaltung mit Don Francesco über Conchita, Carlos und ihre Familie und über die soziale Situation in Südamerika und die Möglichkeiten, die ein Kind wie Cassiopeia hatte. Es war Anna, die das Beisammensein beendete:

„Es ist an der Zeit, Don Alfredo!" sagte sie.

Don Alfredo schaute verwundert auf die große Standuhr: „Wirklich, die Zeit rennt davon. Danke, Anna, wir kommen gleich." Dann erhob er sich: „Kommen ihre beiden Freunde noch, Señorita Susanne und Señor Andreas?"

„Ach", sagte Nicole, „eher nicht, die wollten sich heute mal einen ruhigen Tag gönnen und irgendwo entspannen."

„Das ist schade", sagte Don Alfredo, „aber nicht zu ändern." Thomas schaute ihn fragend an. „Sie erinnern sich, daß ich Ihnen einen Ausflug versprochen hatte?" Nicole und Thomas nickten. „Wenn sie wollen?" Don Alfredo machte eine einladende Handbewegung in Richtung Tür, „du begleitest uns doch, Francesco?"

„Mit dem größten Vergnügen", sagte er und reichte Nicole seinen Arm, „wenn sie gestatten?" Dabei schaute er zu Thomas, der nur zustimmend nickte. Die beiden verließen den Raum, gefolgt von Thomas und Don Alfredo.

„Schau, Andreas, da ist eine Pizzeria!" sagte Susanne und ihr Gesichtsausdruck hellte sich auf. Die beiden waren nun schon geraume Zeit unterwegs. Sie hatten mehrere Male die Busse gewechselt und mussten nun ganz in der Nähe des Bahnhofes sein, von dem aus der Zug zu diesem supertollen Vergnügungspark fahren sollte. Aber Susanne hatte seit dem Frühstück nichts mehr gegessen und ihr Magen schien sich schon ganz dicht über dem Boden zu befinden:

„Andreas! Eine kleine Pizza, bitte!"

„Susanne, da wo wir hinfahren, soll es Steaks geben, so groß wie eine Pizza!"

„Ja, aber wir sind noch nicht da und ich verhungere jetzt." Sie sah ihn durch ihre Brille mit flehenden Augen an.

„Gut", Andreas klang genervt, „wenn es denn unbedingt sein muß."

„Es muß."

Die beiden gingen auf den Eingang der Pizzeria zu und Susanne strahlte über alle vier Backen. Andreas bemühte sich, einen widerwilligen Eindruck zu machen. Insgeheim war auch er nicht abgeneigt, etwas Essbares seinem Innern zuzuführen. Die ewige Umsteigerei war doch ganz schön anstrengend. Außerdem mußte er sich eingestehen, daß er eigentlich nicht mehr so ganz sicher war, ob sie sich wirklich noch auf dem richtigen Weg befanden. Die Beschreibung, die Hilde ihm seinerzeit gegeben hatte, klang ganz einfach. Jetzt, in der Realität sah das alles wieder einmal ganz anders aus. Wie hatte sie noch zu ihm gesagt?

„Dann nimmst du den Bus mit der 53 und ihr fahrt bis

zu der dritten großen Kreuzung und da nehmt ihr einfach den Bus, der von rechts kommt, bis zu dem Viertel, wo das große Haus von der Fluggesellschaft ist und da dann einfach die Haltestelle davor und den Bus zum Bahnhof. Das ist ganz einfach."

Es fing schon damit an, daß es Busse mit der 53 gab, die zu verschiedenen Endhaltestellen fuhren. Der, den sie genommen hatten, bog noch vor der ersten großen Kreuzung ab, so daß sie wieder zurücklaufen mussten, um einen anderen Bus 53 zu nehmen. Wahrscheinlich hatten sie dann „große Kreuzung" anders definiert als Hilde, die aus einer kleineren Stadt kam: An ihrer großen Kreuzung fuhren mehrere Busse, die nach rechts gingen. Sie nahmen einen und fuhren und fuhren und es kam kein großes Gebäude einer Fluggesellschaft. Schließlich las Andreas den Namen einer Airline an einem Gebäude und beschloß, dort auszusteigen, um Susanne nicht zu zeigen, daß er, wie so oft, die Orientierung verloren hatte. Schließlich waren sie hier gelandet: Ein Schild mit der Aufschrift „estacion" hatte sie zum Aussteigen bewegt und er hoffte im Stillen, daß es auf diesem Bahnhof einen Plan gab, auf dem er wenigstens ihren Standort ausmachen konnte.

Von alledem wußte Susanne nichts. Sie war noch immer der Auffassung, daß sie sich auf dem direkten Weg zu dem Vergnügungspark befanden und nur eine kleine Rast zur Nahrungsaufnahme machten. Andreas ließ sie nur zu gerne in diesem Glauben.


„Das war ein sehr schöner Tag heute." Nicole schmiegte sich eng an Thomas, der neben ihr im Fond des Wagens von Don Alfredo saß.

Die Nacht hatte längst das Tageslicht vertrieben und draußen lag tiefe Dunkelheit über dem Land. Hin und wieder glitten Lichter von Autos oder vereinzelten Häusern vorbei und tauchten die Gesichter von Nicole und Thomas für einen Augenblick in ein helles Licht. „Ja", sagte Thomas, „ein sehr schöner Tag." Er küsste sanft Nicoles Stirn, die die Augen geschlossen hatte und ganz ruhig atmete. „Ich bin gespannt, was Andreas und Susanne zu berichten haben", begann er und verstummte dann, weil er bemerkte, daß Nicole schon längst seinen Worten nicht mehr folgte. Sie lächelte im Schlaf und sah sehr zufrieden aus. „Es war wirklich ein sehr schöner Tag", dachte Thomas.

Zunächst waren sie durch die Vorstädte bis an die große Küstenstraße gefahren. Don Alfredo und Don Francesco unterhielten sich lebhaft und hin und wieder richtete der eine oder der andere das Wort an Nicole und Thomas um Erläuterungen zu irgendwelchen Gebäuden oder Bergen zu geben, die links und rechts der Straße vorbeiglitten. Dann verließen sie die Hauptstraße und es ging über eine kleine, unbefestigte Straße in unzähligen Windungen durch üppige Vegetation.
Und dann lag es vor ihnen. Plötzlich und unerwartet, etwa 20 Meter unter ihnen: Das Meer! Dunkelgrün und unendlich weit.
„Das ist..."
„...traumhaft, einfach traumhaft!" beendete Thomas Nicoles Satz.
Don Francesco lächelte: „Das karibische Meer. Ort von Sagen und Legenden, Schauplatz unzähliger menschlicher Tragödien und Ziel…" er machte eine Pause, „Ziel unerfüllter Träume und Sehnsüchte der Jugend."

„Francesco!" Don Alfredos Stimme klang aufmunternd, „auch vieler erfüllter Träume", beendete er seinen Satz.

„Ach, Alfredo!" Don Francesco seufzte. Dann wandte er sich wieder an Nicole und Thomas: „Wisst ihr, er hatte schon immer das sonnigere Gemüt von uns beiden. Schon als Kind habe ich ihn darum beneidet!"

„Du übertreibst wie immer, Francesco", sagte Don Alfredo lachend, „sei es wie es sei: Heute ist kein Tag zum Trübsalblasen! Wir haben Gäste und sie sollen unsere Insel von ihrer schönsten Seite kennenlernen."

„Natürlich, Alfredo. Du erinnerst mich an meine Pflichten als Gastgeber. Ich danke dir."

„Wie ein altes Ehepaar, die beiden!" flüsterte Thomas Nicole ins Ohr, die laut lachen mußte.

„Was ist so lustig, Señorita Nicole?" wollte Francesco wissen.

„Ach, nichts, wir mussten nur eben an etwas denken." Die beiden grinsten sich an.

„Was für eine Insel?" versuchte Thomas das Gespräch auf etwas anderes zu bringen. Er hatte Erfolg:

„Das Stück Grün da unten im Wasser mit dem weißen Rand, das ist sie, die Schwaneninsel", sagte Don Alfredo. Nicole und Thomas zuckten zusammen und als ihre Blicke sich trafen, dachten beide für einen kurzen Moment dasselbe.

„Ja, die Schwaneninsel", ergänzte Don Francesco, „sie gehört unseren Familien seit Menschengedenken."

„Als wir noch Kinder waren, haben wir hier gemeinsam viel Zeit mit unseren Eltern verbracht. Später dann war es der Lieblingsurlaubsort meiner Kinder und in einigen Jahren werden sie mit ihren Kindern dorthin fahren. So wiederholt sich alles."

„Jetzt wirst du sentimental, Alfredo!"

„Stimmt, alter Freund! Heute gehört die Insel Euch. Es soll eine kleine Wiedergutmachung sein für das, was in den letzten Tagen geschehen ist. Nur schade, daß Señorita Susanne und Señor Andreas uns nicht begleiten konnten."

„Ja, sehr schade", sagte Thomas und bemühte sich, etwas Trauriges in seine Stimme zu legen, „es hätte ihnen bestimmt gefallen, aber leider, es gibt eben wichtige Dinge, die sich nicht aufschieben lassen!"

„Du bist gemein!" flüsterte Nicole.

„Finde ich nicht", sagte Thomas, „wer hat uns denn einfach sitzen lassen heute früh, damit wir alleine in irgendeiner Felsspalte verschwinden oder einem Loch verscharrt werden? Erinnerst du dich noch?"

„Ja, schon gut…"

„Wir sind da!" unterbrach sie Don Alfredos Stimme. Der Wagen hatte einige Meter vom Ufer entfernt gehalten. Vor ihnen lag ein kleiner Steg, an dessen Ende ein Motorboot wartete.

„Camino ist schon da. Kommt!" Die beiden folgten Don Francesco, während Don Alfredo den Wagen unter eine Art Unterstand fuhr.

Nicole und Thomas genossen die kurze Fahrt zur Insel. Von der Anlegestelle führte ein gepflasterter Weg ins Zentrum der Insel.

„Wenn ihr dem Weg folgt, gelangt ihr direkt zum Haus", sagte Don Alfredo, „ihr könnt euch nicht verlaufen, es gibt nur diesen einen. Francesco und ich gehen schon voraus und veranlassen alles Nötige. In etwa zwei Stunden können wir Essen. Solange betrachtet den Strand als euren eigenen. Es ist niemand sonst hier. Viel Spaß und bis nachher!"

Sie sahen den beiden älteren Herren nach, die zwischen den grünen Büschen verschwanden.

„Was meinst du dazu?" wollte Nicole wissen.

„Wozu?"

„Zu dem allen hier. Ist das nicht etwas sonderbar?"

„Findest du?" Thomas sah sie an: „Ich finde es herrlich hier und wir sollten die Zeit nutzen. Wie wäre es mit einem Bad?"

„Bad?" sagte Nicole erschrocken, „ich habe keinen Bikini dabei!"

„Ich auch nicht - und?" Thomas strahlte.

„Thomas!" Nicole sah ihn empört an.

„Es ist niemand sonst hier, du hast es gehört!"

„Ja, aber du…"

„Gut, kein Bad", lenkte er ein, „vielleicht ein Sonnenbad dann?"

„Darüber können wir reden", sagte Nicole erleichtert.

„Dann auf zum Strand." Thomas ging voraus und Nicole folgte ihm. Als er fast am Wasser war, blieb er stehen, zog sich die Schuhe aus und krempelte seine Jeans hoch. Nicole folgte seinem Beispiel und dann schlenderten sie Hand in Hand durch die ans Ufer plätschernden Wellen.

Eine gute Stunde später standen die beiden mit offenem Mund am Ende des gepflasterten Weges. Vor ihnen lag nicht das kleine Strandhaus, das sie erwartet hatten. Vielmehr erhob sich ein palastartiges Gebäude aus einem blühenden Garten.

„Das Sternenhaus!" sagte Nicole.

„Ja", sagte Thomas, „es sieht genauso aus nur…"

„…nur nicht so verfallen." Beendete Nicole seinen Satz. Keiner weiß, wie lange die beiden noch wie angewurzelt dagestanden und das Haus angestarrt hätten, wenn nicht Don Francesco sie entdeckt und aus ihrer Lethargie befreit hätte:

„Pünktlich auf die Minute. Kommt nur herein, es ist alles bereit."

Langsam näherten sich die beiden der großen Treppe. Noch langsamer schritten sie die Stufen empor, um dann durch die geöffneten Flügel der Tür in das Innere des Hauses einzutreten. Eine große Halle empfing die beiden. Links und rechts führte eine geschwungene Treppe aus edlem Holz in die oberen Räume. Überhaupt waren sämtliche Wände mit Holz verkleidet und überall hingen Bilder - Bilder, deren Motive die beiden zum Teil schon kannten. Zum einen aus Don Alfredos Haus, dann aus dem Sternenhaus und auch das Motiv von dem Gemälde aus dem Museum fanden sie an einer der Wände wieder. Die Tür, die sich zwischen den beiden Treppen befand, wurde von zwei Bediensteten geöffnet und sie folgten Don Francesco in den Speisesaal. Ein Speisesaal, der seinen Namen wirklich verdiente: Eine Tafel, an der mindestens 30 Personen Platz fanden, ging von einem zum anderen Ende des Raumes. Auf dem Tisch und an den Wänden befanden sich vergoldete Leuchter und die hintere Wand bestand komplett aus buntem Glas, das Wappen und Szenen aus der Familiengeschichte zeigte. Don Alfredo empfing die beiden und führte sie zu ihren Plätzen. Es folgte ein Mahl mit auserlesenen Speisen und Weinen. Weder Nicole noch Thomas konnten sich erinnern, jemals so köstlich gespeist zu haben.

„Sind wir da?" Nicoles Stimme riß Thomas aus seinen Gedanken.
„Nein, noch nicht, Nicole."
„Habe ich geschlafen?"
„Wie ein Engel!"
„Dabei wollte ich doch nicht einschlafen", sagte sie traurig.
„Es war ein langer und anstrengender Tag. Kein

Wunder, daß du müde bist."

Sie sah ihn an: „Es war vor allem ein sehr schöner Tag!"

Er lächelte. „Ja, wirklich - und nicht nur für uns!"

„Du meinst Conchita und ihre Familie!"

„Ist es nicht phantastisch, wie sich alles zum Guten für sie gewendet hat?"

„Sie sah so glücklich und zufrieden aus. Sie hat es verdient nach allem." Nicole machte eine Pause und sah Thomas mit leuchtenden Augen an: „Am schönsten war der Moment, als du ihr das Kreuz gegeben hast, ihr Kreuz."

Selbst Thomas standen die Tränen in den Augen, als er an diesen Moment dachte, der erst wenige Stunden zurücklag.

Nach dem Essen mussten sie sich leider von der Insel verabschieden und zum Festland zurückkehren.

„Zum Abschluß haben wir noch eine kleine Überraschung geplant", hatte Don Alfredo gesagt. „Das heißt, wenn ihr noch Lust habt auf einen weiteren Ausflug?"

„Warum nicht!" hatte Thomas gerufen, noch ehe Nicole den Mund öffnen konnte.

So fuhren sie die kleine, gewundene Straße zurück zur Hauptstraße und von da wieder in Richtung Stadt. Diesmal ging es durch Dörfer und Plantagen und weder Nicole noch Thomas hätten sagen können, wo genau sie sich eigentlich befanden. Schließlich hielt der Wagen vor einem großen, eisernen Tor, das sich einen Moment später wie von Geisterhand öffnete und hinter ihnen wieder schloß. Sie fuhren eine schmale, nicht asphaltierte Straße durch Bananenpflanzungen und Zuckerrohrfelder. Dann gab es Weiden, auf denen friedlich Kühe grasten und Felder mit Mais.

„Das kenn´ ich!" rief Nicole auf einmal und stieß Thomas ihren Ellenbogen in die Seite: „Das Haus da vorne! Siehst du es! Hier waren wir schon einmal!"

Thomas schaute Nicole ungläubig an und folgte dann ihrem Blick: Ein Stück von der Straße entfernt sah man einen Gebäudekomplex, zu dem eine Zufahrt abzweigte. Thomas überlegte fieberhaft. Der Wagen bog in die Zufahrt ein und die Gebäude kamen näher.

„Natürlich!" entfuhr es ihm plötzlich: „Das Kloster!"

„Genau!"

„Das gibt´s doch nicht. So ein Zufall."

Der Wagen hielt im Innenhof des Klosters und Don Francesco und Don Alfredo verließen den Wagen. Nicole und Thomas folgten ihrem Beispiel.

„Das ist das Kloster der Guten Frauen vom Kreuz", erklärte Don Francesco, „es liegt auf dem Land meiner Familie." Er holte tief Luft, als wenn es ihm schwerfiele, weiter zu reden: „Es hat meiner Schwester einmal viel bedeutet."

Alfredo klopfte seinem Freund aufmunternd auf die Schulter: „Sie wäre sehr stolz auf dich!" sagte er, „kommt!"

Sie folgten ihm. Als sie an einer der Stallungen vorbei gingen, sahen sie im Innern einen Mann, der gerade damit beschäftigt war, die Kühe zu versorgen. Um ihn herum wuselte ein kleiner Junge, der sichtlich Spaß daran zu haben schien, seinem Vater zu helfen.

„Ist das nicht…" begann Nicole.

„Ja, das ist Carlos mit seinem Sohn", sagte Don Alfredo kurz und deutete dann mit dem Kopf in eine andere Ecke des Hofes, wo eine Frau auf einer Bank vor einer offenen Tür saß. Vor ihr spielten zwei kleine Mädchen im Sand: „und ich glaube, die Señora dort drüben ist auch keine Unbekannte für euch!"

„Das ist Conchita!" Nicole sah Don Alfredo fragend

an. Er nickte und rief ihren Namen. Die Frau schaute auf und lächelte freudig als sie den Urheber des Rufes erkannte:

„Francesco! Alfredo!" rief sie und ging auf die Gruppe zu. Thomas schluckte: Conchita! Seine Hand glitt in die Tasche seiner Jeans und umfasste das Kreuz, das er bei sich trug. Es war an der Zeit, es seiner rechtmäßigen Eigentümerin wiederzugeben.

Conchita hatte Alfredo und Francesco freudig begrüßt und auch Cassiopeia und Maria waren inzwischen bei ihnen angekommen. Cassiopeia hatte sich gleich auf Nicole gestürzt, die sie sofort wiedererkannt hatte:

„Nicole!" hatte sie gerufen. „Das ist meine Freundin, Mama, die mir die Kette geschenkt hat", sagte sie stolz und deutete auf ihren Hals. Conchita schaute Nicole mit dankbaren Augen an.

„Darf ich die Herrschaften bekannt machen", sagte Don Francesco: „Das sind Thomas und Nicole, zwei Gäste im Hause von Alfredo." Er zeigte auf die beiden und Conchita streckte erst Nicole und dann Thomas die Hand entgegen. „Und das", fuhr Francesco fort, „ist meine Nichte!" Dabei nahm er sie in beide Arme und drückte sie fest an sich. Bei dem Wort „Nichte" mussten sich Nicole und Thomas unwillkürlich ansehen: Sie wurden noch einmal daran erinnert, was sie alles gedacht hatten in Bezug auf Francescos Pläne mit Conchita und ihrer Familie. Beide sahen ihn mit einem Ausdruck an, der „wenn es eine Entschuldigung für unsere Gedanken geben kann, dann bitten wir, sie anzunehmen" zu sagen schien. Francesco schien das zu spüren. Er sah sie an und sagte:

„Jetzt ist alles gut und was war, das ist vergessen!"

„Danke." Nicoles Stimme klang verlegen, aber das zufriedene Lächeln, das Francescos Gesicht umspielte, ließ auch sie strahlen.

„Conchita", sagte Thomas mit fast tonloser Stimme, „es gibt da etwas, das dir gehört." Er zog das Kreuz aus der Tasche und hielt es ihr entgegen.

Conchita starrte ungläubig auf das kleine Stück Metall mit der Kette in Thomas Hand und Tränen liefen ihr über das Gesicht. Langsam löste sie sich aus den Armen ihres Onkels und nahm das Kreuz. Sie hielt es sich vor den Mund, küsste es und drückte es anschließend fest gegen ihre Brust. „Gracias", sagte sie, „gracias" und sah dabei Thomas mit einem Blick voller Dankbarkeit an, den er so noch nie gesehen hatte und der es ihm schwer machte, die Fassung zu wahren.

Er mußte auf den Boden sehen um seine Ergriffenheit zu verbergen: „G…Gerne geschehen", stotterte er verlegen.

„Endstation, alles aussteigen!" Es war Don Alfredo, der fröhlich die hintere Wagentür auf Thomas Seite aufriss: „Ich wünsche den Herrschaften eine angenehme Nachtruhe!"

„Vielen Dank, Don Alfredo, vielen Dank. Vielen Dank für alles!"

„Ja", hörte man eine etwas verschlafen klingende Nicole: „Vielen Dank für diesen herrlichen Tag!"

„Nichts zu danken. Es freut einen alten Mann wie mich, wenn er etwas Sonne in eure Herzen gebracht hat." Damit verabschiedete er sich und entschuldigte sich noch einmal, daß Francesco sie schon im Kloster hatte verlassen müssen. „Hasta mañana!" hörte man ihn noch rufen, dann war der Wagen in der Dunkelheit verschwunden.

Nicole und Thomas gingen die letzten Meter bis zum Haus, wo sie schon von Anna erwartet wurden, die sie einließ.

„Sind unsere Freunde schon lange zurück?" wollte Thomas wissen.

„Eure Freunde?" Anna sah die beiden fragend an, „die sind noch nicht da!"

Nicole und Thomas sahen sich überrascht an.

„Warten wir in der Bibliothek!" sagte Thomas schließlich, „sie müssen ja bald kommen."

„Das ist eine gute Idee", sagte Nicole gähnend und ließ sich von ihm in die Bibliothek führen.

„Nun schau dir unsere beiden Helden an!"

Thomas öffnete vorsichtig die Augen und blinzelte in das helle Sonnenlicht. Vor ihm standen Andreas und Susanne. „Was macht ihr denn hier? Wieso ist es so hell?"

„Wir haben uns erlaubt, den Raum etwas zu beleuchten", sagte Andreas und deutete auf die Lampe direkt über Thomas.

„Na, toll!" sagte der und schob die Lampe ein Stück zur Seite, „ich dachte, es ist die Sonne!"

„Sonne?" Andreas kicherte, „es ist finsterste Nacht!"

„Was ist denn los?" hörte man eine schwache Stimme.

„Ach, Nicole, du lebst?" Susannes Stimme klang etwas gereizt.

„Was ist denn?" wollte Nicole wissen.

„Unsere beiden Verlorenen sind zurückgekehrt", erklärte ihr Thomas.

„Was macht ihr eigentlich hier unten?" Susanne schaute fragend erst zu Nicole und dann zu Thomas.

„Wir wollten mal sehen, wer von uns die meisten Bücher in einer Nacht lesen kann!" sagte Thomas, nun auch etwas gereizt.

„Was werden wir wohl hier gemacht haben?" sagte Nicole und setzte sich auf: „Wir haben auf euch gewartet natürlich!"

„Natürlich!" maulte Andreas, „das ist aber nett von euch!"

„Was ist denn mit dem los?" wollte Nicole wissen.

„Ach, das ist eine längere Geschichte", sagte Susanne, „und keine besonders unterhaltende, befürchte ich."

„Ja, wer den Schaden hat!" sagte Andreas und griff sich die Cognacflasche, die auf dem kleinen Tisch stand.

„Was wird denn das jetzt?" Susanne klang entrüstet.

„Was das wird?" Andreas goss sich ein Glas bis zum Rand voll: „Wonach sieht es denn aus?"

„Du bist unmöglich!"

„Ich? Wer wollte denn unbedingt etwas essen?"

„Was hat das mit dem Essen zu tun?"

„Wenn wir nicht in dieses blöde Restaurant gegangen wären, dann..."

„Was dann?" Susanne wurde allmählich lauter, „willst du etwa sagen, daß das alles meine Schuld gewesen ist?"

„Du wolltest in das Restaurant, mehr habe ich nicht gesagt."

„Das reicht auch schon!" Susannes Gesicht rötete sich merklich: „Gib mir auch ein Glas!"

„Wie?" Andreas schaute ungläubig.

„Ein Glas! Ist das so schwer zu verstehen! Ich spreche doch deutsch, oder?"

„Du verträgst das Zeug doch gar nicht und außerdem hast du dir noch nie was daraus gemacht bisher!"

„Bisher, du sagst es." Susanne griff nach einem Glas und der Flasche: „Und, was ich vertrage und was nicht, das mußt du schon ganz alleine mir überlassen!"

Nicole und Thomas versuchten, dem zu folgen, was Susanne und Andreas gerade besprachen, aber ihren

Blicken konnte man entnehmen, daß ihnen das nicht so recht gelang. Sie beschlossen, vorerst weiter schweigend dem Wortwechsel beizuwohnen.

„Überhaupt...", war jetzt Susanne wieder an der Reihe, „überlassen! Hättest du es mir mal überlassen, uns durch die Stadt zu führen!"

„Ha! Das ich nicht laut und lange lache! Meinst du, du hättest mehr Erfolg gehabt?" Susannes Blick drückte ein klares „Ja" aus. „Von wegen! Du findest doch nicht mal die Treppe nach oben, wenn man dir nicht dabei hilft!"

„Das ist zu viel!" Susanne schnappte nach Luft: „Hört euch diesen Angeber an! Habt ihr das gehört!" Niemand antwortete Susanne, was sie aber nicht sonderlich zu stören schien: „Wisst ihr, was dieser Angeber fertig gebracht hat?" Sie schaute Nicole und Thomas an, die überhaupt keine Zeit hatten, eine Antwort zu geben, weil Susanne ihnen schon sagte, was Andreas fertig gebracht hatte: „Den halben Tag hat er mich durch die Stadt geschleift, von einer Ecke zur nächsten. Ich weiß nicht, wie viele Buslinien wir heute gefahren sind und wo wir überall waren!"

„Ja, wir sind ganz schön rumgekommen. Wir haben Einiges von der Stadt gesehen!"

„Oh ja! Besonders interessant war dieses Ding - wie heißt das doch noch gleich? Ich glaube, bei uns nennen sie das eine Zelle!" Nicole und Thomas horchten auf. „Ihr wisst, was eine Zelle ist, oder?" Wieder blickte sie die beiden an. Susannes Kopf war inzwischen röter als eine reife Tomate und man erwartete jeden Moment, daß er mit einem lauten Knall zerplatzte.

„Äh, ja, Telefonzelle, kennen wir!" sagte Thomas und hoffte, Susanne damit etwas zu beruhigen. Das Gegenteil war der Fall, ihre Stimme wurde noch lauter: „Nein, keine Telefonzelle - die andere, die, in die man leicht rein, aber schwer wieder rauskommt und wenn ich nicht…"

„Was heißt, wenn du nicht? Wenn ich nicht!" sagte Andreas schon ein bißchen lallend, nachdem er inzwischen fast die Hälfte des teuren Cognacs von der Flasche in seinen Körper verlagert hatte, „ohne mich wären wir doch noch immer da!"

„Ohne dich wären wir gar nicht erst reingekommen!"

„Ich wiederhole mich ungerne: Ohne dich wären wir nicht in dieses Restaurant gegangen!"

„Entschuldigt, bitte…", hörte man Nicole vorsichtig sagen, die beschlossen hatte, daß es an der Zeit war, sich zu Wort zu melden.

„Was mischt du dich denn ein?" sagten Susanne und Andreas wie aus einem Mund.

„Nun reicht es aber!" Thomas Hand donnerte auf den Tisch und für einen Moment war es totenstill im Raum. „Na bitte, geht doch", sagte er, „und nun lasst uns doch mal wissen, was eigentlich passiert ist oder haltet einfach die Klappe!"

„Susanne hat…"

„Nein, Andreas ist…"

„Es wäre hilfreich, wenn ihr nacheinander redet, bitte." Thomas sah die beiden streng an.

„Na gut", Andreas lehnte sich zurück, „dann fang ich mal an, Susanne kann ja ergänzen."

Susanne setzte sich in Kampfstellung auf einen der Stühle und fixierte Andreas mit ihrem Blick.

„Also, wir waren etwas Essen, weil Susanne mal wieder Hunger hatte…"

„…nachdem wir – mal wieder - mehrere Stunden durch die Gegend geirrt waren, ohne genau zu wissen, wo wir waren, hatte ich Hunger, ja", gab Susanne zu.

„Wie dem auch sei, wir sind dann in dieses Restaurant und haben uns etwas zu Essen bestellt.

Dann mußte ich auf die Toilette…"

„…ich habe Andreas zuerst gehen lassen, weil ja Männer normalerweise schneller fertig sind, als Frauen. Normalerweise…"

„…gut, es hat etwas länger gedauert, weil ich dann doch so richtig, ihr versteht? Und es gab kein Papier und - jedenfalls dauerte es länger…"

„…und ich konnte nicht mehr warten. Es kam ganz plötzlich und ich mußte sofort nach hinten, sonst hätte ich mich am Tisch übergeben. Kann ja mal passieren…"

„…und man lässt dann auch die Sachen am Platz liegen…"

„…du hattest deinen Rucksack ja auch nicht mitgenommen…"

„…weil du ja da noch am Tisch gesessen hast und auf die Sachen aufpassen konntest und ich wohl nicht damit rechnen konnte, daß du auch noch verschwindest, während ich weg bin…"

„…man muß eben mit allem rechnen, sagst du doch immer!"

Andreas warf ihr einen verächtlichen Blick zu: „Als ich also wieder in den Raum gekommen bin, habe ich einen Typen an unserem Platz gesehen und der hat sich gerade unsere Sachen gekrallt. Ich habe gerufen, aber natürlich hat mich keiner verstanden…"

„…ein bißchen Fremdsprache hätte da vielleicht geholfen!"

„Hätte, vielleicht! Jedenfalls, der Typ ist zur Tür, alle haben zu mir geschaut, weil ich ja gerufen habe. Ich bin dann los und wollte ihm hinterher…"

„…das hat dann der Wirt falsch verstanden und dachte, Andreas will sich verdünnisieren ohne zu zahlen…"

„…und weil Susanne auch nicht da war, dachten die

natürlich, daß sie schon weg ist. Also haben sich drei Leute auf mich gestürzt und irgendwas von `robbo´ oder so gerufen…"

„…als ich zurückkam, habe ich nur gesehen, wie Andreas auf dem Boden gelegen hat und dachte, daß er überfallen wird und keiner ihm hilft, also habe ich mich auf den einen Kerl geworfen…"

„…was eigentlich ganz toll von dir war, wenn ich jetzt so darüber nachdenke." Andreas warf Susanne ein flüchtiges Lächeln zu, die ihrerseits für einen Moment einen Anflug von Freundlichkeit auf ihr Gesicht ließ.

„Und was ist weiter passiert?" wollte Nicole wissen, die, genauso wie Thomas mit weit aufgerissenen und ungläubigen Augen dem Bericht von Susanne und Andreas gelauscht hatte.

„Was soll passiert sein?" Andreas zuckte resignierend mit der Schulter, „die Polizei ist gekommen, wir konnten uns nicht ausweisen, wir hatten auch kein Geld mehr, war ja alles weg, verstanden haben sie uns auch nicht, also haben sie uns mitgenommen."

„Und auf der Wache durften wir dann in so eine eklige Zelle mit vielen anderen. Es war einfach widerlich."

„Und wie seid ihr da wieder rausgekommen?"

„Ach, das war eigentlich Zufall", sagte Susanne.

„Es war Teamwork!" hörte man Andreas, dessen Groll mit jedem weiteren Schluck mehr und mehr zu verschwinden schien: „Ich habe ihn gesehen und du hast ihn gerufen und dann waren wir raus."

„Wen hast du gesehen?" wollte Thomas wissen.

„Und wen hast du gerufen?" sagte Nicole in Susannes Richtung.

„Na, Antonio!" sagten beide in schönster Eintracht.

„Antonio?" Nicole sah Thomas an, „ihr wolltet euch doch nicht wirklich mit ihm treffen! Sollte das nicht nur ein Vorwand sein?"

„War es auch. Das erklären wir später, ja?" sagte Andreas und schaute wie ein kleines Kind, das die Mutter am Kühlschrank überrascht hat.

„Von mir aus. Und eure Papiere?"

„Sind auch da!"

„Hat man den Kerl bekommen?"

„Nein, Thomas, leider nicht, bisher. Das Geld ist weg, aber die Pässe hatte ich heute früh liegen gelassen im Frühstücksraum. Anna hat sie uns eben gegeben!"

„Ihr habt doch manchmal mehr Glück als Verstand!" sagte Thomas und grinste die beiden an, „darauf könnten wir jetzt doch zusammen etwas trinken!"

„Einverstanden!" sagten die anderen und Thomas füllte vier Gläser:

„Na, dann auf uns und auf euch und auf diesen Tag!"

„Ja, auf diesen Tag", prostete Andreas. „Apropos Tag, wie war es denn bei euch? Wie ich sehe, seid ihr noch am Leben!"

„Danke, daß du das schon bemerkt hast! Also, es war…", begann Nicole aufgeregt.

„…schrecklich, einfach schrecklich", unterbrach sie Thomas, „wir sind nur durch die Gegend gefahren von hier nach da und so weiter." Er zwinkerte Nicole zu, die lebhaft nickte:

„Grauenvoll, es war einfach grauenvoll."

„Na also, Susanne, das habe ich dir doch gleich gesagt! Und wir haben doch wenigstens noch etwas erlebt, oder?"

„Ja, Andreas. Im Nachhinein kann man das doch völlig entspannt sehen", sagte Susanne, „und für euch tut es mir leid - aber, ihr hättet ja auf uns hören und uns begleiten können!"

„Ja, hinterher ist man halt immer schlauer, gell?" sagte Thomas und drückte Nicole einen dicken Kuss auf die Wange.

# Montag, 20. April

Ein weiteres Mal stand die Sonne hoch und schickte ihre Strahlen durch die sanft im Wind schwingenden Palmwedel. Und ein weiteres Mal lagen Susanne und Andreas an dem weißen Sandstrand, keine zehn Meter vom türkisblauen Meer entfernt.

Sie waren allein. Susanne lag in einer Hängematte, die sich im leichten Wind hin und her bewegte. Ein Stück von ihr entfernt genoss Andreas in einem bequemen Liegestuhl das süße Nichtstun. Nach den Ereignissen der letzten zwei Wochen hätte er nicht mehr erwartet, daß sein Urlaub doch noch wie ein solcher enden würde. Es war mehr als nur eine Geste der Entschuldigung von Don Alfredo, daß er ihnen das Sommerhaus auf dieser wunderbaren, einsamen Insel für den Rest ihres Aufenthaltes überlassen hatte.

„Ist das nicht phantastisch", sagte er, „die Sonne, der Strand, das Meer, wir beide hier. Wie im Traum ist das alles!"

Susanne öffnete entsetzt die Augen: Das kannte sie doch irgendwoher! Sie setzte sich auf, schob ihre Sonnenbrille auf die Stirn und ließ ihren Blick langsam umherwandern.

„Andreas?" hauchte sie dann, „kommst du mal zu mir?"

„Muß das sein?" sagte er unwirsch.

„Bitte, es ist wichtig."

„Wenn´s denn wirklich sein muß?" sagte er und blickte unwillig in ihre Richtung.

Susanne schaute ihn an und wie sie so da am Rand ihrer Hängematte saß, in ihrem weißen Bikini, der ihren Körper ideal umschloss, da war sein Widerstand gebrochen.

„Ich komme ja schon", sagte er und erhob sich, was ihm mit seinem Gipsarm nicht ohne Schwierigkeiten gelang.

„Was gibt es denn so wichtiges, Susilein?" Er stand nun direkt vor Susanne.

„Ach, Andreas", säuselte sie und ließ ihre rechte Hand ganz langsam seinen linken Arm hinauf wandern. Andreas schloß die Augen, um sich ganz dem Kribbeln hinzugeben, das seinen ganzen Körper zu durchfließen schien.

„Aua! Bist du verrückt!" schrie er plötzlich und machte einen Satz nach hinten.

Susanne hatte ihn mit ganzer Kraft in den Oberarm gekniffen. „Kein Traum!" gluckste sie und klatschte dabei fortwährend ihre Handflächen aufeinander, „es ist kein Traum!"

„Kann es sein, daß du zu lange in der Sonne gelegen hast und das deinem Hirn Schaden zugefügt hat?" Andreas stand in sicherem Abstand vor ihr und sah sie skeptisch an: „Da, ganz rot!" er zeigte auf die Stelle an seinem Oberarm, der Susannes Attacke zum Opfer gefallen war, „willst du meinen zweiten Arm auch noch außer Gefecht setzen?"

„Nein, ich mußte es nur wissen."

„Was musstest du wissen? Ob du eine gute Mutter wirst und mich dann täglich dreimal fütterst, wenn ich es alleine nicht mehr kann?" Er mußte grinsen: „Oder wolltest du mich zu deinem wehrlosen Sklaven machen?"

„Ach, weder noch, du verstehst das nicht!" sagte sie schmollend.

„Genau, ich verstehe das nicht. Vielleicht willst du es mir ja erklären?"

„Das versuche ich ja die ganze Zeit."

„Ach ja?"

„Wenn Nicole da wäre, die verstünde das bestimmt!"

„Ja, klar", winkte Andreas ab, „und Thomas, der hätte es dir wahrscheinlich von den Augen abgelesen!"

Susanne schaute betroffen nach unten. Sie wußte, daß Andreas noch immer etwas eifersüchtig auf Thomas war, weil sie ihn am Anfang so angehimmelt hatte.

„Wo sind die beiden eigentlich?" sagte sie.

„Lenk´ jetzt nicht ab!" sagte Andreas betont vorwurfsvoll.

„Im Ernst: Vorhin waren sie doch noch da hinten."

Andreas versuchte, so etwas wie ein Schulterzucken: „Sie haben das Boot genommen und sind da rüber", er deutete mit der Hand zu einer der anderen Inseln, die sich überall aus dem Meer erhoben, „die beiden können einfach nicht lange still sitzen. Keine Ahnung, was sie da nun wieder erkunden oder entdecken wollen!"

„Weißt du was?" sagte Susanne, die nun vor Andreas stand und ihre Arme um seinen Hals legte, „das ist mir im Moment eigentlich auch ganz egal!"


*ENDE*

# Vom Autor bisher erschienen:

**Eine Woche und sieben Tage - Auf dem Weg ins Abenteuer -** Teil 1 der Trilogie
Abenteuerroman, 136 Seiten, Paperback
Herstellung und Vertrieb: Books on Demand GmbH, Norderstedt, ISBN 978384 4800685

**Eine Woche und sieben Tage - Der Weg zum Sternenhaus -** Teil 2 der Trilogie
Abenteuerroman, 140 Seiten, Paperback
Herstellung und Vertrieb: Books on Demand GmbH, Norderstedt, ISBN 978384 4806601

**Eine Woche und sieben Tage - Der Kreis schließt sich -** Teil 3 der Trilogie
Abenteuerroman, 156 Seiten, Paperback
Herstellung und Vertrieb: Books on Demand GmbH, Norderstedt, ISBN 978384 4809602

**Eine Woche und sieben Tage**
*Gesamtausgabe* der Trilogie
Abenteuerroman, 260 Seiten, Paperback
Herstellung und Vertrieb: Books on Demand GmbH, Norderstedt, ISBN 978383 7034967

**Der dunkle Tag**
Roman, 144 Seiten, Paperback
Herstellung und Vertrieb: Books on Demand GmbH, Norderstedt, ISBN 978384 4800234

**Herr Kues**
Roman, 140 Seiten, Paperback
Herstellung und Vertrieb: Books on Demand GmbH, Norderstedt, ISBN 978383 9111765

**Und dann kam Pit**
Roman, 164 Seiten, Paperback
Herstellung und Vertrieb: Books on Demand GmbH, Norderstedt, ISBN 978384 4813470